# PLAN MAESTRO

# PLAN MAESTRO

Salvador A. Villanueva Bek

Ilustración de la portada de Earlene Gayle Escalona

| | | |
|---|---|---|
| Número de Control de la Biblioteca del Congreso de EE. UU.: | | 2014907697 |
| ISBN: | Tapa Dura | 978-1-4633-8334-3 |
| | Tapa Blanda | 978-1-4633-8336-7 |
| | Libro Electrónico | 978-1-4633-8335-0 |

Esta es una obra de ficción. Cualquier parecido con la realidad es mera coincidencia. Todos los personajes, nombres, hechos, organizaciones y diálogos en esta novela son o bien producto de la imaginación del autor o han sido utilizados en esta obra de manera ficticia.

Este libro fue impreso en los Estados Unidos de América.

Fecha de revisión: 04/08/2014

**Para realizar pedidos de este libro, contacte con:**
Palibrio LLC
1663 Liberty Drive
Suite 200
Bloomington, IN 47403
Gratis desde EE. UU. al 877.407.5847
Gratis desde México al 01.800.288.2243
Gratis desde España al 900.866.949
Desde otro país al +1.812.671.9757
Fax: 01.812.355.1576
ventas@palibrio.com
604568

Quiero dedicar mi primer libro a todas las personas a las cuales quiero mucho, quienes estuvieron conmigo de principio a fin, los que mantuvieron su fe, y los que me ayudaron a cumplir con mi meta.

Gracias padre, por apoyarme en todo este proyecto y realizar mi sueño, gracias por enseñarme que el trabajo duro siempre te deja las mejores recompensas y por heredarme tu perseverancia y espíritu trabajador.

Gracias madre, por ser la primera en leer el manuscrito terminado, por contagiarme esas emociones amorosas y alegres y fomentarme a perseguir mis deseos. La educación que me impartiste fue la creadora de este libro, junto con tu perpetuo apoyo.

Gracias hermana, por ser la persona que jamás dudó y estuvo a mi lado, tu apoyo incondicional me abrazó y me abrazará toda la vida, me es de gran consuelo saber que siempre estarás para ayudarme y cuidarme.

Gracias bisabuela, por leer el libro a tus 93 años y levantarme el autoestima con tu sonrisa.

Gracias familia, por siempre mostrar interés en mi proyecto, quererme y motivarme para terminarlo. Sus comentarios perdurarán por siempre en mi corazón.

Gracias escuela, por cobijarme durante ocho años, darme las clases necesarias que fueron fundamentales para este proyecto y formarme como el ser que soy.

Gracias maestra Yolanda, por tu entusiasmo, ayuda con el manuscrito y el coraje para seguir adelante.

Gracias amigos, por acompañarme, aconsejarme todos estos años y nunca defraudarme.

# 1

*Día 417. ¡Ah…! Ya no puedo soportar un día más bajo esta condenada litera,* pienso.

Cuando suena la alarma, me siento sobre la cama, observo la cuarteada pared gris que tengo delante y el sucio y desgastado retrete que ocupa la esquina izquierda de mi pequeña celda; *aquí vamos de nuevo.* Me paro y veo la litera vacía de mi ex compañero, trasladado a quién sabe donde hace unas semanas. Siento un nudo en el estómago al imaginarme donde puede estar: muerto, liberado o en aislamiento.

Me sujeto con ambas manos de los barrotes, recargando mis codos en la intersección que tiene la reja. *Qué bueno que hay dónde recargarse.* Espero a que la abran para la convivencia matutina y el desayuno, me mareo al pensar en lo desabrida y muerta que ha de estar mi comida. Seguramente serán esos guisos color gris o frijoles con pan rancio, *yummi.*

Espero otros cinco minutos en un perpetuo silencio. Todos debemos esperar las alarmas, si nos desesperamos no las abren. El único ruido de la sala, son los retortijones de nuestros estómagos.

*¡A mi jefe le han de rugir las tripas, si no come pronto comenzará a golpear gente!* Mi jefe, ese mafioso descarado, cómo lo detestamos aquí en la Ciudadela, aunque me prefiera a mí; si

no tuviera tanto dinero, influencias y personas a su mando, lo destriparían en cuestión de segundos, *pero bueno, él es quién da trabajo, protección y algo más que hacer en este infierno.*

Cuando las rejas se abren y la revisión termina, nos dirigimos por el estrecho pasillo hasta el sucio comedor. Siempre volteo a ver el piso de arriba para identificar a los guardias uniformados que están en turno y quiénes descansan; ya conozco a la mayoría y no son tan fuertes y malditos como Price, el jefe de seguridad, ese tipo es tan correcto y autoritario…; gracias a él, Samael no ha podido comprar a tantos policías. Mientras caminamos hacia nuestro destino observo las caras de los otros reclusos. La mayoría son asesinos, estafadores, ladrones y uno que otro psicópata, pero a pesar de los tatuajes y la mirada matona, todos tienen cara de que desearían estar en un lugar mejor.

La cocina y el comedor no son un sitio muy pulcro para comer: atestada de reos sudorosos y de utensilios sucios, además de la basura y ratas que rondan el lugar. No tenemos lugares asignados pero casi siempre me siento en el mismo sitio: la mesa más cercana a la puerta de la salida, *por mera precaución.* Formado en la fila, busco con la mirada a mi jefe, el señor Samael. Una vez terminada mi espera me dan a escoger entre dos guisos, uno verde y otro gris. Normalmente escojo el que tenga más color, aún sin saber qué es, con tal de que no se parezca a estas horrendas paredes.

Me siento en mi lugar habitual para comer, junto con otros reos desconocidos y dos o tres matones del jefe cuando algo extraño sucede: un policía conocido entra al comedor escoltando a un joven esposado de unos veintitrés o veinticuatro años, alto,

SALVADOR A. VILLANUEVA BEK

flaco, aunque un poco ejercitado, tez blanca, pelo semirubio y unos ojos muy coloridos con tonos impresionantes. Al llevar tanto tiempo aquí, me he acostumbrado a ver las mismas caras feas y culpables, pero este chico no parece encajar en un lugar como este. *Pobre, será la perra de bastantes reos.* Al reaccionar me doy cuenta de que el nuevo y el policía Barret se encuentran delante de mí.

-Hey Albert, supe que no tienes compañero de celda.

-Así es, Barret.

El policía se acerca a mí, me toma de la camiseta y me dice:

-¡Te he dicho muchas veces que me llames guardia o señor mientras estoy en servicio!

-Así es, guardia Barret -respondo, con un tono burlón en mi voz-. Llevo unas tres semanas solo.

-Pero pobre Albert -replica con el mismo tono que utilicé-. Pues no te preocupes más, te presento a Zackary, tu nuevo compañero asesino.

-¡Cuántas veces les voy a decir que soy inocente! -contesta el chico un poco molesto- Sigan jodiendo y me las pagarán.

-Ja, ja… sigue soñando, reo asqueroso -lo toma de la nuca y lo estrella en una bandeja de comida, quedando embarrado de esa extraña masa gris.

*Qué bueno que eran sobras y no uno de los matones de Samael, si no, estaría en problemas.* Barret, después de una carcajada muy sabrosa, le quita las esposas y sale de la habitación dando resoplidos, diciendo cosas que no alcanzo a escuchar.

Después de limpiarse la suciedad de su cara y sentarse le digo:

-Willkommen a la Ciudadela nuevito, mi nombre es…

-Albert, ya lo he escuchado de ese bruto gorila. ¿Y qué es eso que dijiste? -dice, un poco impaciente.

-Significa bienvenido en alemán, lo aprendí hace un tiempo.

-Mmmm… oye y, ¿por qué le dicen Ciudadela? -ignorando la explicación que le había dado.

-Se lo pusieron antes de que llegara, dicen que es porque es incorruptible y nadie ha salido, en el año y meses que he estado aquí lo he comprobado, sólo unos cuantos idiotas lo intentan pero fracasan y los mandan al cementerio.

El chico se acerca hasta mi oído y susurra:

-Créeme cuando te aseguro que yo saldré pronto… -lo volteo a ver con cara de duda y él pone una mirada un poco amenazadora y segura a la vez.

-Zackary, eso es un poco imposible, créeme -le contesto también en susurro. *Este güey sí que está chiflado.*

-Aunque sea mi segundo nombre, llámame Zack, y en cuanto a eso lo discutiremos más tarde, no quiero arruinarles la comida a estos agradables compatriotas -dice con voz fuerte y un exagerado ademán con los brazos.

En ese instante York, uno de los matones, se levanta y toma a Zack del cuello, asfixiándolo, y le grita:

-¡Sólo necesito un motivo, mariquita, y te rompo en pedazos! -lo suelta y regresa a su lugar.

Zack, tosiendo, le responde:

-Perdón, amable reo -se ajusta la playera-. Sólo quería simpatizar un poco con vosotros, ahora creo que eso va a estar un poco más complicado.

SALVADOR A. VILLANUEVA BEK

-Simpatiza con tu bocota cerrada, imbécil, esa clase de palabras extrañas te van a causar muchos problemas -le advierte York.

-De acuerdo, trataré de usar palabras más hostiles, sucias y corrientes para la próxima.

Al escuchar eso, de inmediato reacciono y paro el puñetazo que viene contra la cara del chico impertinente y burlón. Me cuesta trabajo, pero logro bajar su brazo hasta la mesa y le digo que se tranquilice. Cuando volteo, veo a Zack riéndose un poco con los brazos relajados en la nuca y balanceándose en la silla. Me hierve la sangre al ver tan relajado a este mocoso al que acabo de salvarle la vida.

-¡Lo ves! Tres minutos aquí y hasta conseguí guardaespaldas -resopla el burlón idiota.

Esta vez, el puñetazo que sí recibe en la cara proviene de mí, al estar tan enfadado con el pequeño cretino. Después del gran ¡zaz! que se escucha en la habitación, el chico nuevo termina en el suelo desmayado.

York se levanta y se dirige hacia él, cuando lo detengo y me dice:

-¿Por qué defiendes al novato? !Eh! ¡Creo que esto lo tiene que saber Samael!

-¡No! ¡Cálmate! El chico es nuevo y no entiende cómo funcionan las cosas aquí, con el golpe fue suficiente, se irá adaptando a partir de ahora, yo respondo por él.

No tengo idea por qué dije eso después de lo enojado que estoy, pero sé que Zack es diferente al tipo de personas de las que me encuentro rodeado, además supongo sinceramente que es inocente.

-¡Mira, Albert! Que seas uno de los favoritos del jefe, no significa que le importe mucho si vive ese chico; tiene muchas otras cosas que hacer además de tener un montón de gente a su cargo. ¡Si el tarado este vuelve a insultarme, al que le rompo las piernas es a ti! ¿Entendiste?

-Claro York, déjamelo a mí -le respondo muy tranquilo.

Me echa una mirada furtiva y se aleja dando zancadas.

Cuando suena la alarma de iniciar con nuestras actividades, Zack sigue desmayado. *¿Le habré pegado muy fuerte al chiquillo?* Como es su primer día no le toca trabajar, entonces decido llevarlo a rastras hasta su habitación, *nuestra habitación.*

# 2

Después de cinco aburridas horas de ejercitarme al sol picando rocas, recogiendo basura y andar con el séquito de Samael, vuelve a sonar la alarma que anuncia el regreso a nuestras pequeñas celdas. La mía se encuentra pegada al gran muro que delimita el final de la prisión. Al acercarme a la reja, me doy cuenta de que Zackary ya está despierto y mira detenida y fijamente el muro gris que diario observo al levantarme, con ambos brazos en la espalda y sus manos agarradas a la altura de la espalda baja, de reojo me ve y regresa a su postura.

Entro a la celda una vez sonada la alarma y me quedo en silencio viendo al joven incrédulo que sostiene la mirada en una vieja pared. *¿Qué diantres está buscando? ¿Estará lo bastante loco como para pensar que escapará por ahí?*

-Ejem… no es que espere una disculpa, pero, ¿te vas a quedar viéndome como tarado, Albert?

-¿Querías una disculpa por comportarte como un completo cretino? Si no te pegaba yo, el güey que te sujetó del cuello, quien es un entrenado ladrón, te hubiera matado; pero bueno, yo tampoco esperaba una disculpa.

-Perdóname. Todo ese show que viste allá es parte de mi plan, demostré que no le tengo miedo a ninguno de esos trogloditas.

-¿Ah, sí? -le digo en tono sarcástico- ¿Y también era parte del plan que tu "guardaespaldas" te tronara la cara?

-Claro -me contesta, dejándome perplejo-. Debía comprobar que mi compañero de celda es lo suficientemente listo como para defender a su "salvador".

-¡Ja! ¿En verdad crees que todas tus tonterías tienen alguna coherencia? -le contesto, desesperado.

-Sí, y lo compruebo al escuchar tu amplio vocabulario. ¿A poco a ti no te pegan por hablar así? -me contesta burlándose- Eso significa que eres inocente y muy poderoso aquí.

-Así es, pero no voy a hablar de mi historia. ¿Me podrías decir qué haces viendo esa pared? No creo que vayas a escapar por ahí, ¡eh! *Ja, Ja, Ja.*

-Por supuesto que no, esta pared será súper importante, pero yo saldré de aquí por la puerta de entrada.

Dejo escapar un grito de sorpresa y exclamo:

-¡¿Qué?! ¿De dónde sacas tantas sandeces? ¡Te dije que no se puede salir de aquí!

-Podríamos salir los dos, claro, pero necesito tu confianza, ayuda y protección.

*En verdad está demente, obvio no confío en alguien nuevo aunque tenga un buen presentimiento de él, y ¿para qué quiere mi ayuda o protección?*

-De acuerdo, no entiendo qué es de lo que hablas o si estás meramente chiflado; en fin, para ganarte mi confianza tengo que saber un par de cosas sobre ti, la ayuda después vemos. ¿A qué te refieres con protección?

SALVADOR A. VILLANUEVA BEK

Analiza un segundo, mirándome con esos ojos como azul verdoso y replica:

-Según sé, los hombres son idiotas y tienen necesidades, las explayan en las noches, sobre todo ésta, que es la primera y no quiero que nadie me toque. Aunque me vea débil, mi lado fuerte está aquí -señalándose la cabeza con un dedo-. Mi parte es que yo sé salir de este lugar, pero nadie lo sabe y la tuya es cuidarme; tú eres alto, fuerte e influyente, así que... -alza los hombros y las manos haciendo el ademán de que es obvia mi participación y su punto de vista.

-Se ve que tienes cerebro, además de ser convincente. Si lo que dices es cierto, yo me encargo de que nadie se atreva a tocarte un pelo, pero si no, quiero que sepas que terminarás enterrado en el jardín trasero por cortesía de todos.

-Tú tranquilo y yo nervioso; ahora, ¿qué es lo que deseas saber, Albert?

*Excelente pregunta. ¿Qué demonios quiero saber además de cómo salir de aquí?*

Tomo asiento en mi litera y Zack se sienta en el escusado para mantener la conversación.

-Primero llámame Al, y segundo, ¿Qué te pasó? ¿Cómo acabaste en la Ciudadela? -le digo con un tono indiferente y un poco seco, no quiero que sepa lo interesado que estoy en saber qué hace un chavo de su perfil en un lugar como éste.

-Cometí un error, como todos. El guardia me llamó asesino porque por mi culpa murieron tres personas -alzo las cejas, me sorprende que pasara algo así-. Cumplí veintiséis años el catorce de octubre y vivo en una colonia de calles inclinadas -hace una pausa-. Mi padre, en paz descanse, me regaló un coche muy sencillo por mi cumpleaños y porque me había graduado de la maestría anteriormente.

-Espera. Tienes veintiséis y ya tienes una maestría, ¿pero, cómo?

-Ya te he dicho que soy inteligente y planeador. Acabé la escuela a temprana edad, estudié mi primera carrera en ingeniería civil y después estudié otra junto con la maestría en física molecular, con especialidad en la nuclear; pero ese no es el punto. El punto es que mi padre tenía muchísimo dinero, gracias a él estudié en las mejores universidades, hasta que se hundió en deudas de juego y al no poder pagar, lo mataron.

Agacha la cabeza y le doy un momento para que se calme, se nota que todavía sigue muy afligido; se seca una lágrima con la mano y prosigue:

-En fin -se aclara la garganta-. Cuando comenzó a perder su dinero yo terminaba la maestría, jamás me comentó sobre su situación; él me prometió que me daría un carro, yo nunca lo quise hasta que tuviera dinero para pagar la gasolina. Unos meses después de mi regalo y de su muerte regresé a mi casa y... no sé si porque no puse el freno de mano o la velocidad, el coche se comenzó ir cuesta abajo; lo intenté detener pero... -otra pausa- alcanzó mucha velocidad y fue a dar a la carretera y... fue un accidente horrible, lo vi todo: coches chocando, revolcándose, incendiándose... Muchas personas fueron al hospital por heridas mayores, pero tres personas: un viejito, una señora y un joven, perecieron a causa de mi error -esta vez no agacha la cabeza ni se le quiebra la voz. *Qué extraño* -Después de varios juicios el juez me condenó a este lugar porque la mujer era su esposa, vaya jodida casualidad, ¿no? Dentro de poco será la sentencia, todavía se están recolectando datos para que el jurado decida, y aunque no lo creas, creyeron que era peligroso y ¡pidieron que no hubiera fianza! Bola de brutos -suelta un poco molesto.

-Increíble, parece que la suerte no anda de tu lado últimamente, ¿eh? -le bromeo aunque no ríe.

-Lo que nadie sabe, es que yo he estado "ahorrando" mucho dinero desde los dieciséis años y tendré mucha influencia sobre los guardias -afirma.

-Ja, ja, ja, ese sí es un buen chiste. Los guardias en su mayoría son incorruptibles, todos son checados diario por el "Capitán Price" y es un maldito.

-En unos días verás cómo todo cambia. En fin, mañana comienza el principio del final -afirma, subiéndose a la litera superior de un brinco y recostándose en la almohada.

Por pura curiosidad me asomo y alcanzo a ver cómo Zack juega con sus dedos.

-¿Y cómo empieza eso? -le pregunto con mucha duda.

-¡Primero debo conocer al jefe del matón York!

-Samael -diciendo eso me acuesto a dormir.

## 3

-*¡No, por favor! ¡Déjenla en paz! Ella no tuvo nada que ver, fue mi error. ¡Suéltenla!*

*-¡Tranquilo, todo… estar bien, gracias… ayuda!*

*-¿Qué está pasando? ¡¿A dónde se lo llevan?!*

*-Señor Hawkins, queda usted bajo arresto por el homicidio del… Despierta…*

-*Despierta ¡Despierta!* ¡¡Despierta!! -me grita Zack, despertándome.

-¡Vaya pesadilla que has tenido, eh! ¡Necesito tu ayuda, ya vienen!

Me doy cuenta de que estoy sudando cuando me levanto de la cama de un golpe y veo a Zack mirándome con preocupación. Me incorporo lentamente, un poco adormilado y ajetreado y le digo:

-¿Qué sucede contigo? ¿Por qué me despiertas? ¿Quién viene?

-¡Pues quién crees! ¡Supongo que la bruja de Blancanieves, idiota!

Antes de poder contestar, escucho la alarma que indica cuando la reja se abre. En la oscuridad distingo a cuatro personas entrar a la celda, escucho al que va más adelante decir:

-Hola, Al, buenas noches. Como has de suponer venimos por el novato, tengo entendido que atacó a York y él desea tomar su venganza -es Samael.

-¡Te dije que sólo me tenías que dar un motivo, marica! -le grita York.

-¿Que yo te ataqué? Sólo trataba de simpatizar -le replica Zack.

-Tiene una boca floja este muchacho... ¡además de ser un mentiroso, asesino! -escucho decir a Barret.

-Me encanta la carne fresca -dice Phil, uno de los psicópatas que trabaja con nosotros.

-¡Tranquilos todos! Samael, no puedes tocar a este chico, él es valioso, mañana después del desayuno íbamos a ir contigo porque te quería conocer.

-Habla del diablo y seguro se aparece. Siempre escucho tus sabios consejos, Al, pero afirmar que el chico es valioso e intocable es algo un poco más allá de la raya, ¿no lo crees?

-York, Barret, Phil, ¿podrían retirarse un momento para que hable con el señor Samael?

Desde la oscuridad distingo que alguien susurra al oído del jefe. *Seguramente es York.* Posteriormente veo un ademán con la mano, escucho varias quejas, hasta que los tres salen de la celda, cerrándola tras ellos.

-Barret, prende las luces, quiero ver la cara del milagroso impertinente -exclama Samael.

El único pequeño y desgastado foco se prende iluminando la habitación entera, junto con la expresión siempre seria de nuestro jefe: tosco, de nariz ancha, tez morena, corpulento, pelo enmarañado y ojos negro pardo, pero siempre desafiantes.

-Mucho gusto, "Señor Samael" -dice Zack un poco burlón. Noto una expresión de calma pero a la vez desafiante y con una rabia interna espeluznante; se me hace muy extraña su actitud.

-El placer es todo mío "Joven Zackary" -le responde con el mismo tono burlón, pero él está totalmente calmado cuando le tiende la mano derecha.

Zack le devuelve el apretón de manos sin quitar esa mirada profunda.

-Señor, este chico me comentaba que tiene los recursos necesarios y la habilidad para escapar de aquí.

-¿De la Ciudadela? ¡Ja! Dudo que este idiota tenga el cerebro para salir de su celda sin que suene la alarma.

Zack, sin decir una palabra, camina hacia la reja, la examina un segundo y toma un barrote con la mano izquierda, lo jala; con la derecha le da un pequeño golpe a palma abierta y, sin mera explicación, el tubo metálico se desprende de su posición y deja una abertura amplia en el centro del enrejado. Voltea a ver al jefe y le sonríe burlonamente, colocándolo de vuelta a su lugar.

*¡Wooow!* Al ver la cara de Samael supongo que está pensando exactamente lo mismo.

-Ja, estupidísimo truco de magia imbécil. Si quieres algo de mí tienes que contarme tu "maravilloso" plan.

-Je, je, así no funciona esto, yo les informaré cómo avanzan las cosas mientras esté totalmente protegido y al mando de la operación.

SALVADOR A. VILLANUEVA BEK

-Estás más ido de lo que pensé. ¿Cómo atentas contra el señor Samael?

-Deja ya esas ridiculeces, Al. Y en cuanto a ti jovencito, concuerdo en que dices puras tonterías. ¡Es tu primera noche aquí y ya quieres estar arriba de mí!

-No arriba de ti, pero voy a disponer de toda la ayuda posible si es que tú y Al quieren salir de aquí.

-Mmmm… A ver, ¿qué es lo que necesitas? -le pregunta Samael.

-Ustedes sólo actúen normal y esperen mis indicaciones.

*¿Indicaciones?*

-¿Y de dónde sacaste lo de la barra? ¿Por qué crees que nosotros somos más incapaces que tú en descubrir una salida? -le pregunto un poco enfadado.

-Fácil -hace una pausa, voltea a vernos a ambos y esboza una sonrisa de oreja a oreja un poco malévola-. ¡Soy Ingeniero Civil!

# 4

*¿Ingeniero Civil? ¿Pero...? ¿Qué tiene que ver con...? ¡Ah, claro! ¡Zackary sabe sobre planos de construcción y eso! ¡Por fin tienen sentido sus alucinaciones!*

-¿En serio eres ingeniero civil? -pregunta Samael- ¿Pues cuántos años tienes, pequeño cabrón?

-Tengo veintiséis, gracias por el cumplido -responde Zack-. Y también tengo más estudios, pero esos no tienen relevancia en este aspecto.

-Okay, tal vez me has "impresionado" un poco esta noche novato -le felicita mi jefe poniéndole una mano en su hombro.

-¡¡Me llamo Zackary!! -estalla, quitándose la mano puesta sobre él- ¡Y "en verdad" me gustaría que me llamases por mi nombre, Samael! Deja ya esos apodos absurdos, que de todos los idiotas con quienes tratas a diario, yo soy el único que te liberará.

*¿Por qué creo que este zángano me acaba de insultar?*

-Tranquilo Zack, el señor Samael es un hombre muy impaciente y poderoso, debes respetarlo, él te puede ser de mucha ayuda -le digo, calmando la tensión de la situación.

-No tienes que actuar frente a este idiota, Al, omite el señor cuando estemos a solas; y en cuanto a ti joven Zackary -le pone la mano suavemente en la barbilla y con su dedo pulgar lo masajea-, te recuerdo que, con agitar un dedo, puedo hacer que te destrocen, te golpeen y te maten, así que le vas bajando dos rayitas a tu jodido humor. ¿Quieres que te respete? Entonces te llamaré por tu nombre, pero otra de esas explosiones nerviosas y... vuelvo tu vida un infierno -le contesta de una manera seria y tranquila como siempre.

*Este chico es muy aventado. ¡¿Cómo le habla así a mi jefe?! Je, parece que ya liberó la furia interna que se veía en sus ojos desde que la luz iluminó el rostro de Samael. ¿Lo habrá conocido desde antes?*

-De acuerdo, dime Zack. En cuanto al infierno, ya estoy en él, gracias. Y... hablando del tema, que el diablo se cuide, porque el alma de muchos ha fastidiado, y ya que llegó la gota, ¡el vaso se desplomará sobre él!

-Ja, Ja, Ja. Al, lleva a este chico a dormir, parece que ya está alucinando, y habla con él, tal vez mañana necesite fuerzas extra y un buen psicólogo para aguantar su "mundito infernal" -diciendo esto, se acerca a la reja, levanta la mano, y enseguida la reja se abre, la luz se apaga, y se cierra tras él.

Quedándonos en un oscuro silencio, analizo todo lo ocurrido. *Ahora sí tiene problemas.* Zack no se mueve. *Seguro está en shock.* Tras medio minuto más, distingo cómo la sombra del chico avanza hacia a mí.

-Tranquilo, también fue parte del plan. Por favor, sigue confiando en mí; espero que su amenaza no sea cierta, pero eso es segundo plano, necesitamos hacer ciertas cosas para salir de aquí -me susurra.

-¡Cosas como garantizar tu muerte al atentar contra el dueño del lugar! -le exclamo susurrando, pero un poco enojado.

Sin decir más, Zack se sube a su litera de un brinco y se recuesta en el desmarañado colchón.

*No sé si es extremadamente listo, o extremadamente imbécil. Aunque él lo diga, dudo que esta escena haya sido parte de su "plan". La situación ya se salió de control, si lo sigo defendiendo nos van a joder a ambos.*

Me acerco a su litera y le susurro impaciente:

-Mira, Zack, no sé si lo que dices es cierto o quieres acabar rápido con tu miserable vida, pero estos tipos sí son peligrosos; yo estuve cuando Samael llegó hace unos meses por tres cargos de homicidio. No le fue fácil, pero no fue tocado y dirigió el lugar en semanas, ¡o días! Tal vez estás nervioso por adaptarte pero, bájale un poquito, no me gustaría estar solo de nuevo.

Se levanta del colchón haciendo mucho ruido con los resortes y me dice:

-Yo conozco a este tipo de personas Al, ladran pero no muerden, son simples ovejas y, ¡mi plan está perfectamente estructurado! Te iré revelando cosas, me agradas, pero deberás de ser paciente.

*¿¿¿???*

-De acuerdo, es tarde, debemos dormir; espero que tengas buena condición física porque el día se pondrá un poco pesado, y más con Samael jodiéndote.

-Ya sé. -me dice con un hondo suspiro y se vuelve a recostar. Moviendo sus dedos de la misma manera extraña, replica:- Acabo de agitar a la abeja reina. Mañana, ¡agitaré todo el panal!

# 5

Bong. Bong. Bong.

*Esas malditas alarmas... ¿No nos podrían despertar con música?*

Abro los ojos lentamente, la pesadilla de anoche y el encuentro con Samael me dejaron agotado. Me siento sobre mi cama y observo la pared gris que veo cada mañana. *¿Será muy importante? ¿A qué se habrá referido Zack?*

Sorprendentemente, el chico nuevo ya está despierto, esperando pacientemente detrás de la reja de nuestra pequeña celda, con la misma posición de brazos que tenía el día de ayer cuando observaba la pared.

-Ahhh -bostezo- ¡Guten morgen, Zackary! ¿Listo para tu segundo día?

-¡Podrías dejar eso del maldito alemán, Albert!, es un poco fastidioso. Y sí, estoy más que listo -me contesta impaciente.

-Uy, tranquilo, es un simple rompehielos, Zack; por si no sabías, significa...

-Buenos días, ¡ya sé! -dice, más impaciente aún.

-¡Ah!, entonces sí conoces la lengua extranjera -le digo en un tono muy tranquilo. *Me acabo de despertar y ya me están gritoneando.*

-¡¡NO!! -dice gritándome, luego deja escapar un suspiro- Lo siento Al, no quiero ser molesto contigo, no pude dormir mucho anoche -se disculpa en un tono demasiado gentil. *¿Qué onda con la bipolaridad de este chico?*

-Sí, claro -le respondo con rareza y un poco sarcástico- ¿Has visto qué guardias han dado sus rondines?

-Pues supongo que el tal Barret estaba anoche de guardia, y hoy se ha estado paseando un tipo chaparro, medio llenito y con cara de tarado. Cuando me vio observándolo, me apuntó con su escopeta; supongo que no es muy simpático el mequetrefe -comenta Zack.

-Su nombre es Kurt, y sí, es un idiota que no tiene sentido del humor. Es de los que ayuda a Price a mantener el control aquí. Un soplón, por así decirlo.

-Vaya, vaya, vaya. Pues si ese sujeto tiene contacto con el mero mero, debo hablar con él -afirma, rascándose la barbilla con la mano derecha.

-Okay -me acerco a la reja y le grito al oficial barrigón-. Hey Kurt, acércate por favor.

Cuando el guardia reacciona y me ve, comienza a caminar hacia nosotros con su habitual cara de gruñón pero duplicada. Ya casi al llegar, Zack me dice en un susurro:

-No, ahora no, Al. Necesito saber más cosas primero, tal vez en el almuerzo de mañana, si es que está en turno.

-Sí va a estar, los oficiales siempre hacen tres días de turno y descansan dos -le contesto también en voz baja. De reojo, veo cómo Kurt se acerca cada vez más.

-Oye, ¿y...?

-Cuéntale un chiste corto cuando llegue, que sea bueno, no lo vayamos a hacer enojar más -me contesta mágicamente el chico, como si me hubiera leído el pensamiento.

En silencio vemos que el guardia nos mira con cara de duda y, cuando llega, pone el dedo en el gatillo de la escopeta y pregunta enojado:

-¡¿Qué es lo que deseas Albert?! ¿Acaso quieres alegrarme la mañana dejándome aniquilarte?

-Este… no, je, je, te quiero contar un buen chiste que escuché ayer en el comedor. Checa: "Están muchas personas en un avión y de pronto el capitán dice: estamos a una altitud de diez mil pies, con destino a…"

-¡¡Basta!! ¡No puedo creer que me distraigas de mi trabajo para escuchar un maldito chiste! -me exclama Kurt muy enfadado. *Como si supieras cómo quitarle el seguro a tu arma…*

-Tranquilo. Sólo quería animarte un poco el día, se ve que tu importantísima labor te tiene agotado.

-Síguele, bruto asesino, ¡y me aseguro de que tu condena de quince años se vuelva de veinte! -diciendo esto nos echa una mirada furtiva a ambos y continúa recorriendo el pasillo hasta que lo pierdo de vista. Una vez solos, Zack me pregunta:

-¿Asesino? ¿A qué se refería ese gordo malhumorado?

-Cometí un error, al igual que tú, al parecer. Pero ya no tiene importancia, llevo cuatrocientos dieciocho días en este infierno y me faltan como cinco mil; en realidad, no me gusta hablar de ello. *No podré evadir el tema por mucho tiempo…*

-Ah va. Por cierto, yo sí quiero terminar de escuchar ese chiste, se oía bueno -contesta desinteresadamente. *Me parece extraña su falta de interés, en lugar de indagar más en mi tema prefiere oír un burdo chiste.*

-Okay, entonces, el capitán está dando toda la información del vuelo cuando se le olvida apagar su vociferador y dice...

¡Bong! Me interrumpe la alarma que anuncia la hora del desayuno. El chico nuevo me voltea a ver y pone una cara como diciéndome: ni modo, saliendo deprisa de la fría celda.

En nuestra caminata hacia el comedor, noto que Zack hace lo mismo que yo todos los días: observa qué guardias están en turno en los pisos superiores. *Pero él no los conoce. ¿Los estará identificando? ¿O...? ¿Estará contando cuántos hay?*

-Sí, Al. Estoy contándolos; son trece uniformados en el piso superior, dos rondando este corredor, y dos más en la puerta de la cocina -me maravilla el mágico chico con su respuesta. *¿Qué? ¿Pero cómo...?*

-Seré muy inteligente y obvio no leo mentes ni nada de esas idioteces, pero no te mates preguntándote cómo lo supe; llevas un rato mirándome con tus grandes ojos y con la misma expresión de duda que tienes cada que hago algo. Tratas de analizarme. Lo único que te puedo decir es que sólo estoy observando este "pintoresco" lugar, mi plan ya está terminado y operando, no planeo sobre la marcha.

-O sea que tu plan no tiene nada que ver con evadir diecisiete guardias de una sola sala, porque te recuerdo que hay muchos más -le contesto, tratando de sacarle algo de información al misterioso chico, sin que suene desesperado.

-No, pero bueno; ya tengo mucha hambre, ¿qué habrá de exquisito desayuno? -me pregunta incrédulamente Zack.

-Híjole cuate, vas a tener que desacostumbrar tu fino estómago porque el "buffet" de aquí es una reverenda mierda. *Cómo extraño esos buenos restaurantes, con comida bien cocinada y sazonada.*

Después de las risas atravesamos el umbral del comedor cuando Yong, un coreano estafador muy fuerte y alto, nos intercepta y dice:

-¡Espero hayas descansado bien, idiota! ¡El jefe quiere verte!

# 6

*Oh, oh, esto no pinta bien.*

El jefe normalmente se sienta del otro lado del comedor, pasando la cocina, junto a una pared, y lejos de los guardias. Cuando Yong menciona que Samael quiere vernos, me petrifico al pensar qué le harán a Zack lejos de la protección de los guardias.

—Perdón, ¿tú eres...? —le pregunta el chico al fortachón.

—Alguien que te puede partir a la mitad en cinco segundos, imbécil —contesta Yong, muy molesto ante la ofensiva pregunta.

—Es un poco lento, ¿no lo crees?

En el instante que escucho al impertinente Zackary insultar de nuevo a un matón del jefe, me pongo en frente del chico y pongo ambas manos hacia delante con la palma abierta para indicarle que no le pegue.

—Ya, ya. Ambos bájenle a su espuma, con gusto iremos a ver al jefe, Yong. Llévanos hasta donde está, por favor.

El estafador saca humo por las orejas, pero se calma hasta el punto de pasar de rojo jitomate a su blanco muerto. Sin decir nada, se voltea y comienza a caminar hacia el fondo del comedor.

Al darle la vuelta a la cocina, veo la mesa de Samael. Está sentado con cuatro matones: York, Phil, Steve y Pablo. Antes de llegar a la mesa, Steve se levanta, se pone delante de mí y comienza a buscar si llevo armas en el cuerpo. No protesto ni hablo, pero cuando es el turno de Zack el chico se queja:

-Aguarda -pone una mano enfrente del sujeto-. Samael, te dije que no quería ser tocado por nadie -le grita descaradamente.

El jefe ni voltea a verlo cuando chasquea los dedos y el ladrón Steve no repara en pegarle al chico en la cara. Zack resiste el golpe y le echa una mirada asesina a su golpeador; se incorpora poco a poco y escupe sangre en el zapato del matón.

-Te garantizo que tú no sales de aquí, imbécil. Y si es necesario, te mueres - amenaza Zack. *De su inocente bromita a amenazas de muerte... sí que es bipolar.*

El matón repite su golpe anterior con más fuerza y antes de dar el tercero, Samael emite un pequeño sonido indicándole que cese y de inmediato regresa a la mesa.

-Muy bien cretino, todavía tienes agallas después de lo que te dije ayer; impresionante, pero creo que demostré el poder que tengo, al igual que tú al quitar el barrote de la reja. Decidí que tu pequeño truco de magia debe ser superado el día de hoy; toma asiento y hablemos -le dice el jefe.

Zack se limpia la sangre que sale de su labio y replica:

-Fuerza bruta contra cerebro. Interesante, voy por mi desayuno y enseguida comentamos lo que desees.

-No te preocupes por eso, le pedí a Pablo que les trajera su comida a ambos. Hoy hay frijoles negros con medio bolillo verde. Veremos lo fuerte que eres si no vomitas al probarlo -le dice amablemente Samael.

-Zack, sentémonos; por favor contrólate, Pablo es un mexicano asesino muy peligroso y será mejor que les sueltes algo -le comento en susurros un poco alarmado.

El novato acepta y nos sentamos a desayunar con el jefe. El mexicano, el ladrón y el psicópata nos ceden el lugar y el señor del lugar comienza a hablar:

-Mira, Zackary, te voy a contar algo que tú no sabes: una fábula de niños. Mi nombre no es Samael, es uno más común y corriente, pero elegí éste cuando llegué aquí porque así se llamaba...

-El ángel de la fuerza antes de unirse a Lucifer y ser expulsado del cielo. Escogiste el nombre del diablo, ya sé, por algo te dije ese pequeño juego de palabras anoche. También me sé tu otro nombre, pero ese lo voy a dejar fuera del juego, perderías prestigio... -le contesta el chico, otra vez maravillándome con sus "poderes psíquicos".

-Vaya, vaya. ¿De dónde sacaron a tan listo muchacho? ¿Eres religioso Zack? -pregunta sarcásticamente Samael. *¿O Satán? ¿O Lucifer? Ya no entendí. ¿Tenía otro nombre?*

-Simplemente soy culto, y tu nombre me lo dijo uno de los guardias al llegar, por si te lo estabas preguntando. Pero no importa, ya nada importa. Supongo que tú sí eres religioso, ¿verdad? ¿Conoces la historia de la creación del mundo?

-Dios creó al mundo en seis días y el séptimo descansó, ¿correcto? -responde el jefe.

-Al igual que él, yo saldré de aquí el sexto día y al séptimo, me tomaré una rica copa de champagne en una suite de Las Vegas. *Yo odiaría el juego si mi padre pereció por ludópata ¿Mmmm...? Él llegó ayer. Significa... ¿Qué saldrá de aquí en cuatro días? ¡Sí, cómo no!*

-Dirás que "estaremos" bebiendo una copa, ¿no? Saldremos contigo, eso es lo que me dijiste -pregunto confundido. Entre religión, nombres, secretos y casinos, la cabeza me da vueltas.

-Sí Al, pero tomaremos distintos rumbos, eso es todo. Ah, por cierto, si "El Diablo" quiere salir de su infierno tendrá que ayudarme y respetarme -se acerca al otro extremo de la mesa donde está Samael y le susurra:- Necesito que tus hombres me respeten y crean que van a salir de aquí, necesito tomar el control por un tiempo, si eso te parece bien.

El jefe reflexiona unos segundos sobre lo que el chico le acaba de insinuar. *Dijo que los matones necesitan creer que saldrán de aquí, ¿Significa que ellos no vienen con nosotros, sólo nosotros tres? No distingo una fuga en todo esto.*

-Okay Zackary, tendrás lo que desees -le responde muy calmadamente Samael.

-Va. Primero: necesito una lista de todo tu séquito y un lápiz.

-¿Para qué necesitas eso, Zack? -interrogo pasmado.

-Para organizarnos bien, ver de cuántos hombres dispongo, armar una estrategia y ver un nombre.

-¿Y qué nombre buscas? -le pregunta Samael.

-El del sujeto que me golpeó -afirma el chico, con una mirada de maniaco.

-¿Como para qué? -exclamamos al mismo tiempo el jefe y yo.

-Ja, como le advertí a ese infeliz mequetrefe: ese güey no sale de aquí, y si es necesario, se muere.

## 7

*¡Vaya forma de "tomar el control"! No creo que ni siquiera sepa cómo es o si tiene familia el ladrón al que acaba de condenar a muerte.*

Samael no dice nada, se queda quieto con los ojos fijos en Zackary. Sabe que ese mandato de asesinar a uno de sus matones es para demostrar su superioridad en el asunto y su completo respeto hacia este nuevo joven jefe.

-Mis reglas son simples: no soy tocado, todos salen de aquí. Si alguien la rompe, se pudre en el infierno. ¿No había quedado eso claro? -pregunta autoritariamente el chico.

-Mira, luego discutiremos eso, la lista te la doy en diez minutos. Mejor come y piensa un poco más las cosas, dentro de poco se acabará el tiempo del desayuno.

-¡Hey, Zack, hoy es el segundo sábado del mes, día de visita y descanso! Me imagino que vas a recibir a muchos parientes -le intuyo, distrayéndolo de la situación.

-De hecho mi madre no desea verme, está… como afligida o decepcionada o qué sé yo. Pero sí voy a recibir visita Al, gracias -me contesta el novato.

-¿Qué tal está la comida Zackary? -le dice Pablo.

-Exquisita Pablo, "gracias" -dice en español, supongo.

—¿Entiendes lo que digo, chaval? -le pregunta el mexicano.

Zack voltea a verme con cara de desconcertado y me indica con la vista que no entendió nada de lo que le dijo Pablo. *¿Entonces por qué habló español? Ya van dos idiomas que "habla" y a la mera hora no sabe nada.*

—Señor Samael, disculpe que lo interrumpa pero, el Capitán Price desea verlo -exclama el guardia Barret, llegando del otro lado de la cocina.

—Después de mi hora de ejercitarme lo veré -le contesta el jefe.

—Si eres policía, ¿por qué le dices señor? ¿No deberías tratarlo como un reo? -pregunta Zack.

—Infeliz cretino, ¿qué haces sentado en la misma mesa que él? Llevas un día aquí y ya me dan ganas de…

—¡Basta! -suelta Samael- Él está conmigo ahora, trátalo con cuidado y llámalo por su nombre -le impone soberbiamente al mediano y güero guardia.

Zack lo voltea a ver con una cara burlona en su rostro y después vuelve a su desayuno.

—¡Eso lo veremos! -reprocha el oficial, apartándose de nuestra vista.

—La lista que pidió, señor -dice York al acercarse a la mesa con una hoja arrugada en la mano. En lugar de recibirla el jefe, Zack se levanta rápido de la mesa, la toma, y para sorpresa de todos, nos dice:

—Gracias por haberme dicho señor, York, veo que tus modales han estado mejorando mucho desde nuestra conversación de ayer.

A Samael y al ladrón mensajero les hierve la sangre, sus rostros se enrojecen, y por un momento pienso que lo van a matar. *¿Cómo le haré para seguir librando a este insolente de todas sus peleas?*

-York, Yong, Steve, Pablo, Phil, Ladbroke, Barden, Zeke, Charlie, Hume… -comienza a leer en voz alta Zack- ¿Barret, Gail y Hall? ¿Quiénes son estos? ¿Guardias? Pensé que esta cárcel era incorruptible -resopla en voz alta el chico nuevo.

-Baja la voz Zack, esos guardias son más amistosos que los otros, no aceptan nada de lo que les damos porque Price los checa diariamente pero, velan por la estabilidad de sus seres queridos; digamos que mientras Samael se encuentre bien sus familias también lo estarán. Entonces, están de nuestro lado -le afirmo en voz baja.

-Claro, y ¿quién fue el tremendísimo imbécil que osó pegarme en la cara? Espera, déjame adivinar -comienza a recorrer con la mirada y con el lápiz a las personas que lo rodean.

-York: fea letra; Yong: el coreano de la entrada; Pablo: mexicano asesino; Phil: el enfermo ese que dice cosas desagradables; y, mmmm… ¿supongo que es Steve? -pregunta Zack con firmeza y burla.

-Sí, es un ladrón que llegó hace poco -le digo desesperanzado. *No quiero ver correr más sangre en este lugar.*

Al escuchar eso, el chico se acerca a mi oído y me susurra: "El Conejillo de Indias". Y con eso se aleja.

*¿Cone…? ¿Qué? ¿Quién lo entiende?, primero dijo que moriría y ahora dice que es una ovejita que echaremos a la cueva de los lobos. ¿O no entendí su insinuación…?*

-¡Hey! Es hora de que me des algo, chico; te di la lista, me revelas algo de tu plan. Y garantiza que siempre será de esa manera cuando quieras un favor de "El Diablo" -se burla Samael del comentario pasado de Zack.

-Sí, claro -le contesta y de inmediato se para, caminando hacia la salida del comedor.

Pasa a todo el séquito de Samael sin verlos. Cuando está en frente de Steve lo voltea a ver y esboza una sonrisa macabra, mostrando su labio hinchado. Cuando pasa la cocina le grito:

-¡Espera! ¿A dónde vas?

El golpeado y controlador chico se frena en seco y justo antes de que me conteste, suenan las malditas alarmas que indican el final del desayuno y el inicio de nuestras actividades.

Bong. Bong. Bong.

-¡Ja! Justo a tiempo. En lugar de decirles algo del plan, mejor se los muestro -continuando su caminata hacia la puerta.

-No respondiste la pregunta. ¿A dónde vas? -reclama Samael.

Por segunda vez se para en seco y voltea con una mirada furtiva.

-¿Es obvio no? -contesta enojado Zack, haciendo un ademán con las manos, como lo suele hacer cuando los demás no sabemos la respuesta.

-¡Voy al patio de juegos!

## 8

"El patio de juegos", divertido nombre para ponerle al lugar donde nos partimos la espalda y el alma trabajando, y no sólo eso, también donde cuidamos el cuerpo de las golpizas de otros reos fuertes. Por suerte, los matones que hacen ese tipo de cosas son los de Samael, y estoy con él. *Por ahora.*

Todos debemos cubrir la cuota de piedras diarias: son de dos a tres horas picándolas, apilándolas y triturándolas; es muy agotador puesto que no hay agua ni descansos.

Con todo y la protección, no es agradable estar en dicho patio. Hay, por lo menos, cuarenta guardias en servicio, dos torres vigías al centro y cuatro más en las esquinas, y te checan en la entrada y salida.

Avisto a Zackary en la fila de acceso a tres personas de mí. *Parece que está muy emocionado con hacer ejercicio.* También distingo a Barret checando a los reos hasta adelante. Samael nunca hace fila para entrar, sólo cuando hay un guardia desconocido actúa como si nada y se forma.

Una vez en el "patio de juegos" localizo a mis conocidos y me uno a ellos.

-Entonces, Zackary, muéstranos -le pide el jefe.

-Está bien, Lucifer, sólo necesito una pica -le responde seriamente, mofándose al mismo tiempo.

Por el color de piel de Samael, se nota que no le agrada nada la forma en la que el novato se dirige a él. Antes de hablar, levanta la mano dando una orden y Steve sale corriendo.

-Bájale, te daré la pica pero no me puedes faltar al respeto; yo te llamé por tu nombre, deberás llamarme por el mío -le reclama "Lucifer".

-¿En serio deseas que te diga por tu nombre...?

Interrumpe el ladrón regresando con una pica en la mano, y le dice a su jefe:

-Señor, me dieron la pica porque se trataba de Hall, pero me dijo que debemos de apresurarnos a llevarla al área de picar pronto o levantaremos sospechas.

Zack toma la herramienta y se encamina hacia la esquina suroeste de la prisión, donde hay guardias rodeando la inmensa montaña de rocas blancas.

-Amigable guardia, voy a pasar a picar rocas si a usted no le molesta. ¿Cuántas rocas debo picar? -le pregunta sarcásticamente el chico nuevo.

-"Amigable reo", si usted se vuelve a dirigir en ese tono conmigo, ¡lo golpeo y de ahí a aislamiento! ¡¿Entendido?! -grita el policía.

-Guardia Valentine, vamos a entrar cinco personas a hacer nuestra labor diaria -le digo al guardia calmando la situación. *Se está ganando a pulso una paliza.*

El oficial se retira dejándole el paso libre a Zack y éste voltea a verme con una mirada un poco burlona y satisfactoria. *¿Me estaré volviendo en verdad su protector? ¿Me estará probando?*

Entonces el chico, Steve, York, Samael y yo, pasamos al área de "las piedras".

-Venga chico, haz magia -dice el jefe, haciendo un ademán con los brazos.

Zack asiente con la cabeza y comienza a marchar en el suelo muy bruscamente. *¿Qué busca?* Da un par de pasos hasta que, a dos metros de la pared, se detiene, mira al suelo y después salta como loco.

*¿¿¿???*

-¡Hey! ¡Niño estúpido! ¡O dejas de saltar como imbécil o te meto un plomazo en la cabeza! -le grita Valentine, acercándose.

-Ya está, aquí es -afirma Zack, acercándose al suelo con una mano y hace una pequeña "x" con una piedra blanca.

-¡Qué bueno que ahora sabes escuchar! -le dice el policía cuando ya se encuentra a un lado de nosotros. Tras dictar la advertencia se aleja lentamente.

El chico esboza una sonrisa burlona hacia el guardia y después se dirige a Steve:

-Oye, ¿me podrías echar una mano? Se ve que eres fuerte y necesito que entierres la pica con energía, en la pequeña cruz que marqué en el piso -pide el "ingeniero" al matón del jefe.

Todos estamos callados observando con mucha duda a Zack. No entendemos si está completamente loco o en verdad sabe lo que hace. Cuando Samael escucha eso, voltea a ver a Steve con firmeza y le indica con la cabeza que le haga caso.

El chico le da la herramienta y se coloca entre el jefe y yo. Aunque él sea alto, luce mucho más débil a nuestro lado.

El ladrón toma la pica con ambas manos, nos mira, y después la alza con todas sus fuerzas, dejándola caer con la punta al suelo. Cuando se estrella a pocos milímetros de la marca ocurren muchas cosas a la vez: primero sale agua a chorros por la pequeña grieta, empapando a Steve. Después el piso se cuartea hasta llegar a la pared, comenzándose a rasgar también el muro. Llegando al metro de altura se detiene y de la tapia se desprende una roca mediana que resuena en todo el patio. Y al final vemos a muchos guardias caer encima de Steve, golpeándolo en todas partes. Lo levantan con la nariz y la boca ensangrentada, lo esposan, y se lo llevan sin decir más.

*¡¡¡Wooow!!!* Pienso, mientras toda esta revoltura ocurre. *¿Qué pasó? ¿El agua...? ¿La pared...? ¡¡Steve...?! ¡O mi Dios, si esto fue planeado, le besaré los pies a este chico!*

-Vaya, vaya, Zackary, tu truco de magia me ha impresionado -afirma Samael.

-Este chico ya me cae bien -dice York.

-Y eso que no le dio donde le indiqué, hubiera habido más explosión de agua -nos sorprende de nuevo el ingeniero.

-¿Pero qué fue todo eso? ¿Cómo le hiciste para saber que un tubo de agua pasa por ahí? Y si sabías lo de los guardias, ¿por qué se lo pediste a Steve? -le pregunto muy desesperado.

Pero más maravillado, preocupado e intrigado, me quedo cuando Zack me contesta:

-El Conejillo.

## 9

-¡Pónganse a trabajar! -nos indica un policía desde las alturas.

Estoy en shock, la respuesta del chico me deja completamente helado. A pesar de todas las locuras que me había dicho le he creído porque, en parte, sé que son eso: locuras. Ya me había dicho antes que Steve iba a ser un "Conejillo de Indias" y fue utilizado como él lo dijo. Simplemente, ¡wooow!

-¿No me escuchaste, animal? ¡Terminarás como tu amigo si no te pones a trabajar, malnacido reo! -me repite el guardia.

Cuando reacciono me doy cuenta de que soy el único que no está con una pica en la mano, tajando piedras.

-Perdone, señor -me disculpo secamente y me dirijo a la herramienta más cercana.

*¡Qué rápido taparon la fuga, con una piedra y ya! ¿Cómo hizo eso? Después de la visita con los familiares tengo que hablar seriamente con él. ¿Cómo es posible que un joven sea tan brillante y planeador? Seguramente ya estaba preparado o lo había averiguado antes de llegar. ¿O son solamente disparates? ¿Quién lo visitará? Dijo que su madre no, pero, ¿quién sí? ¿A qué querrá llegar con todo esto? Sólo hemos visto trucos de ingeniería civil, pero ¿cómo encontrará una salida de la Ciudadela? ¿O ya está planeada también? Ah sí, que*

*saldrá por la puerta de entrada... sí cómo no. ¿Y cómo saldremos los demás? ¿Los demás? ¿Dijo que sólo saldríamos Samael, él y yo? ¡Ya no puedo más!*

Dudas, dudas, dudas. Es lo único que tengo en la mente mientras transcurren las dos horas y media de picar rocas al rayo del sol. *Agotador.* Como soy de los más fuertes acabo primero con mi cuota. Cuando termino observo que a Zack todavía le falta como un cuarto de hora para acabar y veo que Samael y York también ya han terminado.

-Albert, únete a nosotros, ¿deseas un cigarrillo? -me pregunta el jefe.

-No, gracias, ella vendrá hoy y no le gustaría que haya fumado -le contesto, un poco cansado y molesto.

-Esa perra desgraciada. ¿Cuándo te va a dejar de joder, eh? -interroga York, prendiendo un cigarro.

-Pronto, pronto -afirmo. *¡Cómo la detesto!*

-Oye Al, no hemos hablado del idiota este. ¿Qué opinas sobre él? -me vuelve a cuestionar el diablo.

-Pues es arrogante e imprudente cuando quiere pero, dice que todo forma parte de su maquiavélico plan de escapar de aquí. Hace rato me sorprendió mucho, parece que no está loco. ¿Y tú Samael?

-Creo que es un completo imbécil; me ha amenazado y se ha burlado de mí varias veces en tan sólo dos días. Nadie, ¡nadie!, me había tratado así, aquí en la cárcel. Antes de llegar a la Ciudadela trabajaba como matón para un narcotraficante, y él sí que trataba mal a las personas, forjó mi carácter. Y ahora este güey cree que puede venir y hacer lo mismo, ¡ja!, pero ya verá cuando me saque de aquí -exclama Samael.

-¿Qué le harás? -pregunto.

-Je, je, je. Cuando ponga un pie fuera de este lugar, ¡le romperé el maldito cuello! -exclama molesto, desmoronando un cigarro con la mano.

-Ya me cae bien el chiquillo, creo que es inteligente y nos puede sacar de aquí -dice mágicamente York. *Y pensar que lo quería matar ayer.*

-Ah, y Al, no le vayas a decir eso al niño, debe pensar que está de nuestro lado. Esta conversación no sale de aquí -manda serenamente. *Parece que Samael habla en serio.*

-¿Qué pasó? ¡Yo nunca! -contesto dudoso. *¿Le diré? ¿Qué pasaría si le digo...?*

En ese momento llega Zack todo sudado y cansado a sentarse a mi lado. *Parece que me sigue.* Entre jadeos expresa:

-¡Buen ejercicio, eh! Son duras las condenadas. Ja, Ja, en un par de días estaré bien fuerte -se mofa el chico.

-Pero si en un par de días estarás en Las Vegas, ¿no?- pregunta sarcásticamente Samael.

-Qué bueno que escuchas Luci, me refería a estos próximos tres días de ejercicio -le contesta muy impertinente.

Otra vez se distingue ese color rojo en la cara del jefe, parece que le va a pegar cuando contesta:

-¡Es la segunda vez que te pido que me llames por mi nombre! ¡Te lo advierto por última vez! Además, ¡Luci! No jodas, ese es nombre de mujer.

-Al igual que Ashley, tu nombre -afirma Zack. *Ja, Ja, Ja, que raro nombre, ya vi porqué se lo cambió al llegar.*

-¡Hijo de...! -grita Samael. Cuando se para y avanza para atacar a Zack, intervengo.

-Señor, señor, nadie se va a enterar de eso, se lo aseguro. Disculpe al niño, recuerde que lo necesitamos -le explico al jefe, sujetándolo fuertemente para que se contenga de matar al muchacho a golpes.

Samael saca humo por las orejas, se ve que ya le ha colmado la paciencia. Una vez que lo logro contener y calmar, alguien más distrae su atención: el oficial Barret se acerca a prisa.

-Disculpen, pero...

Bong. Bong. Bong. Las malditas alarmas que dan por concluida la corta sesión laboral resuenan en nuestros tímpanos como martillos. *Lo salvó la campana...*

Cuando todos los reos se dirigen a la entrada de la prisión para ser cateados, el policía continúa con lo que iba a decir:

-Dijiste que verías a Price ahora. Vamos, a menos que alguien te vaya a visitar.

-No, para nada, te sigo -indica Samael en un tono mucho más relajado.

Cuando se encaminan a la salida, el guardia se detiene y exclama al mismo tiempo que nos señala:

-Ah, por cierto, después de la visita el Capitán Price los quiere ver, a ambos.

## 10

*¿Price? ¿Vernos a nosotros? ¿Por qué?*

¿*P* -¡Perfecto! -afirma Zack en voz alta- Tal y como lo planeé, hoy veré a ese "líder" de la prisión, ja, ja.

-¡Hey!, tenemos que hablar seriamente. Necesito saber cómo haces esas cosas. ¡Estoy comenzando a hartarme de tus jueguitos, chico! ¡Y también deja de ser impertinente, ya me cansé de cuidarte la espalda! -le exclamo muy enojado.

-¡No le grites al chico Albert! Es listo y peligroso, ¿qué tal que te hace lo mismo que a Steve? -dice preocupado el ladrón que sigue parado a nuestro lado.

-Me alegra que sí tengas cerebro. Sabía que cambiarías, por eso te incluí en mis planes York, al rato platicamos. Y tú, Al, para el final del día te revelaré lo que quieras, ya no hay más magia ni demostraciones, sólo necesitaba asombrar al Diablo para que me ayudara. Y en cuanto a Steve, el muy imbécil me pegó en la boca y sangré, así que le mostré la otra cara de la moneda, pero yo nunca me rebajaría a su nivel, nunca -replica Zack muy tranquilo.

Trato de calmar mi estrés almacenado y asiento muy pacíficamente. *¡Vaya! Parece que vamos progresando. ¡Necesito respuestas!*

-Cada vez me agrada más este güey -dice alegremente la segunda mano del jefe.

-¡Oigan, ustedes! ¡Ya todos están adentro! ¿Qué no escucharon la maldita alarma? ¡Tienen tres segundos para entrar a la Ciudadela! -nos grita un guardia desconocido.

-Venga, vamos a ver quién nos visita el día de hoy -bromea Zack, mientras se encamina a la entrada de la prisión.

*Yo sé quién viene a verme, pero ¿quién lo visitará?*

En la entrada a la cárcel vemos que Barret ya no está en turno y en su lugar está Gail, otro de los oficiales que están de nuestra parte. Él es quién peor me cae; está muy amargado por la separación de su esposa que lo dejó hace unos meses.

-¡Vaya! Un chico nuevo. Dime, ¿te están tratando bien aquí o necesitas que te pongan más almohadas en tu linda cama? ja, ja, ja.

El muchacho voltea a verme con cara de duda. *¿Me estará preguntando algo? ¿Querrá saber qué policía es?* Lo único que hago es mover la cabeza en aprobación de algo que Zack trata de saber. *Espero que me haya entendido ¿Pero entendido qué...?*

-Je, je. Buena broma oficial, aunque lo que sí necesito es que tengas tu bocota cerrada o harás que Samael se enoje y te dé una lección -le contesta el chico fieramente al guardia. *Creo que le indiqué lo que quería. ¿O no?*

Gail se queda petrificado ante tal comentario. Aunque se pone un poco colorado, termina de checarnos en silencio y evita mantenerle la mirada a Zack.

Una vez finalizado el chequeo, nos dirigimos al ala norte de la Ciudadela donde permiten que los familiares entren a una sala para poder estar con ellos un rato. Las visitas en separos con solo un teléfono de por medio es para los más peligrosos; al principio yo también recibía las visitas así, hasta que vieron que no soy inquieto. *Porque cometí un error...*

Once, doce, trece... logro contar dieciséis guardias en turno en la parte norte; volteo y compruebo que Zack hace lo mismo, pero de inmediato quito la mirada. *No quiero ser tan predecible con el chico.*

Una vez adentro, observo a otros diez guardias en la sala y como nueve o diez mesas con sillas para que los reos convivan con sus visitas por turnos. Un guardia me indica que me siente en una de la esquina y me retira las esposas, el chico se coloca en la mesa de junto.

*A ver a qué hora llega esta maldita.* Veo el reloj caminar un buen rato, Zack tampoco recibe parientes, está con la mirada inerte en la puerta y juega con sus dedos como siempre. *Otra pregunta que le voy a hacer.*

Cuando la puerta se abre, distingo a una bella joven de unos veinticuatro años de edad: rubia, mediana, flaca, con ojos verdes impresionantes y muy risueña. Entra como asustada y sin saber qué pasa, pero cuando ve a Zack pega un grito y corre hasta a él para envolverlo en un tierno abrazo. *Se parecen. ¿Será su hermana o alguna prima?*

-Mi dulce Zacky. ¿Cómo estás? ¡Me alegro mucho de verte! ¡No tienes idea cuánto te extraño! ¿Por qué tienes el labio hinchado? -pregunta la misteriosa chica.

-Un cretino me pegó, pero no hay mayor problema. Yo también te echo de menos, esto es un infierno sin ti, cuento los días para volver a nuestra vida juntos -le contesta el chico con un tono un poco empalagoso. *¿Juntos?*

-Ejem, Zack, ¿quién es esta encantadora chica? -interrogo, tratando de imitar su tono en la conversación.

-Ah, perdóname. Al, ella es Emily, mi novia.

## 11

Con tanto ruido en la sala no logro captar la idea de Zack. *Él nunca había mencionado a una novia.* Por el parecido se ve que forman una linda pareja, aunque está muy joven para estar así de enamorado.

-¡Mucho gusto, Al! ¡Ay amor, me deprime que estés en un lugar como éste! ¡No es justo! -dice soltando una lágrima- ¿Por lo menos te tratan bien? -pregunta Emily, volteándome a ver.

-Claro, me la paso defendiéndolo, busca bronca con quien se encuentra -contesto bromeando. *Entre broma y broma la verdad se asoma.*

-¡Ya sé, es bien bravo! -diciendo eso le da un beso rápido a Zack en los labios. *Llora y ríe, son tal para cual.*

-Bueno -expresa el enamorado un poco avergonzado e impaciente-, vamos a hablar querida, necesitamos ponernos al día. ¿Quién te visitará, Al?

-Se llama Fannie, ella es...

Antes de seguir, veo a la susodicha entrar en la sala. *Cómo odio a esa bruja morena gorda que sólo viene a fastidiar.* Sin gesto de alegría se dirige hasta mi lugar, toma la silla de enfrente y se sienta sin más.

-Fannie, mi nombre es Zackary, soy su compañero de celda, un gusto. Pues bueno, los dejamos platicar sin molestias -dice, presentándose ante la seria y maleducada señora para después volver a sus asientos tomados de la mano.

-¡Qué gustazo que vinieras! ¿Vienes con tus habituales malas noticias, o me alegrarás el día contándome de tu vida? -le pregunto sarcásticamente a mi visita.

-Siempre tan simpático Albert. Pues de hecho sí venía con la intención de alegrarte con buenas noticias -me responde gruñonamente.

-¡¿Y?! ¿Las hay? -grito desesperado. *Por favor que las haya.*

-No. Ja, ja, ja, debiste ver tu cara de ilusión. Seguro pensaste que volverías ¿no? ¿Que te dejaría verla también? Ja, ja, ja.

*Perra.*

-¡¿Ves?! Por eso tengo el sentido del humor que tengo contigo. Necesito ayuda y siempre vienes con ganas de joderme más la vida. Llevo aquí un año y no has hecho nada para ayudarme. ¡Quiero verla! -le reclamo levantándome de la silla. La rabia me invade hasta que unos guardias me sientan y advierten que me calme o me retirarán de allí.

-Ay querido, pobre imbécil que eres. Si sigues así tu sentencia no se acortará ni habrá salida bajo fianza.

Me hierve la sangre al escuchar sus palabras. Para distraerme volteo a ver a los tórtolos de al lado, pero cuando los veo no distingo amor ni cariñitos entre ellos, sólo están agarrados de la mano y están hablando muy seriamente. *¿Le dirá que se va a escapar?*

De la nada, un estrépito interrumpe en la sala y volteo para observar su origen: una silla se rompe con la sentada de un señor robusto, seguido de varios guardias que acuden en su auxilio.

Antes de volver la vista hacia mi molesta visita, observo cómo los enamorados se sueltan de las manos y rápidamente Emily saca un sobre que trae bajo su pantalón y se la entrega a Zack disimuladamente por debajo de la mesa. *¿Qué es? ¿Cómo burló a seguridad?*

-Albert, mira, vengo de hablar con el juez y dice que pronto las cosas se van a calmar y vas a poder recibir visitas de ella. También me dijo que ya no van a requerir mis servicios una vez que se recupere por completo, pero pueden pasar muchos meses para ello, debes tener paciencia -me dice Fannie, retornándome a la conversación de frustraciones.

-¿Por qué nadie comprende lo que pasó? Yo sólo quería...

-Tiempo señores, hora de volver a sus celdas. Señora, ¿la acompaño a la salida? -dice uno de los carceleros.

-Muchas gracias, oficial -se levanta de su silla-. Y en cuanto a ti, Albert, te veré en un mes -diciendo eso se marcha con el guardia.

Cuando la sala se encuentra vacía, veo que Zack observa la mesa con una mirada triste. Con sus manos hace ese movimiento de dedos como siempre. Pasan unos cinco minutos hasta que la puerta hacia las celdas se abre y los guardias nos indican que pasemos por ellas.

-Hey chico, vámonos de aquí, veo que estás un poco afligido porque Emily se fuera. Tu novia es muy dulce y cariñosa, que bueno que vino a hacerte compañía un rato. Por cierto, ¿qué es ese paquete que te dio? -pregunto, levantándole el ánimo al chico mientras caminamos por los anchos pasillos del ala norte.

-¡Shh! En la celda te digo, es un secreto -me contesta con el índice en la boca.

-Claro, contigo todo es secreto, cuate. También forma parte de tu plan, ¿no?

En lugar de contestarme, sonríe macabramente y guiña un ojo.

-A propósito, ¿quién es la tal Fannie? Nos ibas a decir cuando llegó a la sala. Los oí discutir. ¿Es acaso tu exmujer cabrona? Ja, pensé que tenías mejores gustos, Al.

-No, ella no es mi exesposa. *Gracias a Dios.* Sí es una cabrona, se trata de una trabajadora pública de servicios infantiles.

# 12

-¿Servicios infantiles? ¿Por qué te viene a visitar una empleada comunitaria? -me pregunta Zack intrigado.

-Por mi hija... Ellos... la tienen -respondo con un nudo en la garganta.

Antes de que el chico pregunte más, nos interrumpe un conocido oficial:

-¡A su celda! ¡Reos asquerosos! -grita el siempre fastidioso guardia Kurt.

-Veo que tu humor no ha cambiado desde la mañana. ¿No quieres que termine el chiste?, te juro que te reirás -le digo al gordo gruñón.

-¡Dije que te metieras a tu celda, idiota!

-¡¿Cómo, si está cerrada?! ¡Tranquilo! ¡Estamos esperando la maldita alarma! -reclama furiosamente Zack.

Por obvias razones, el apático policía pone su escopeta en alto, con el dedo en el gatillo. No me interpongo, pero le exclamo:

-¡Hey! Calmados, es el segundo día del chico, está agotado y sólo quiere dormir un poco. Qué te parece si olvidamos todo esto y en silencio nos metemos a nuestra celda.

Bong.

Kurt, sin bajar la guardia, nos observa mientras nos metemos a la celda. Una vez cerrada, se tranquiliza un poco y afirma:

-¡Me aseguraré de que mañana no tengan desayuno!

-¡Genial! ¡Simplemente fantástico! -grito, mientras doy vueltas por el pequeño y frío cuarto. Él sólo me observa desde el centro.

*¡Maldito! Siempre lo protejo pero ahora ya nos ha perjudicado a ambos. ¡No es justo que por su bocota nos quedemos sin comida mañana! ¡¿De dónde sacaremos fuerzas para las horas de ejercicio al sol?! ¡¡¡Ahhh!!! Bueno, ahora me dirá todo lo que quiera saber y estaré en paz.*

Antes de preguntarle por qué había hecho eso, el joven me sonríe macabramente y me guiña el ojo derecho de nuevo.

-¡No! ¡¿No me digas que eso era parte de tu plan también?! ¡Ya no te creo! ¡Ese gordo imbécil estuvo a punto de volarte los sesos y tú tranquilo como si nada! ¿Esperabas que yo calmara las cosas de nuevo? ¿Soy tan predecible? ¡Te he salvado la vida por lo menos diez veces en dos días y yo sigo en ascuas! ¡Te pido...! ¡No, te demando que me digas qué demonios estás planeando! -le grito con firmeza.

-Mira, Al -dice en tono sutil-, sí fue parte del plan y te diré por qué: en el sobre que me dio Emily hay dinero; mañana se lo daré a Kurt cuando estemos encerrados aquí solos esperando a que acabe el desayuno. Es por eso que necesitaba enojarlo, nadie más debe vernos.

-¿Dinero? ¿Para qué le darías dinero al oficial más soplón de la cárcel? ¿Para que ahora sí te maten?

-No, espero que vaya y se lo cuente directamente a Price, cuando eso suceda no vamos a tener que trabajar porque estaremos en audiencia con él, por consiguiente no habremos necesitado el desayuno ni tendremos la convivencia con el enojado de Samael -me responde perspicazmente Zack. *Como que su historia ya comienza a cuajar...*

-¿Y qué pasará en la audiencia? -interrogo mucho más interesado y calmado.

-No lo sé, pero te garantizo que no pasará nada.

-Entonces lo de revelar el nombre real del jefe y fastidiar al oficial, ¿fue planeado? ¿Sabías el momento exacto en el que tenían que suceder las dos cosas?

-Sí a ambas preguntas. Las malditas alarmas sí que son útiles, justo hago que la bomba detone cuando sé que me va a salvar la campana.

Bong.

-Hablando de bombas y campanas Zackary, el Capitán Price los verá ahora -nos dice el guardia Valentine, cuando entra a la celda con otros dos guardias sosteniendo un par de esposas en sus manos.

El chico voltea a verme con esa sonrisa macabra y esa intuitiva y misteriosa mirada. Comprendo, por primera vez, por qué los guardias están aquí y a qué lleva toda esta treta de explicarme cómo es su plan antes de que suenen las alarmas. *Porque él sabía que la campana lo salvaría de más respuestas. Je, je, cabrón, lo volvió a hacer.*

-Supongo que saben por qué estamos aquí -interrumpe mis pensamientos Valentine, mientras gira las esposas en sus dedos maléficamente.

Yo ya sé la respuesta, pero espero a que Zack conteste para robársela y que se quede con el ojo bien cuadrado.

-Sí, dulce y nada amargado oficial, creo que hace rato tuvimos un encuentro no muy grato, ¿verdad? En fin, usted está aquí por...

-Lo que le pasó a Steve -le robo la palabra.

## 13

Zack está sorprendido con mi respuesta. Incluso dudo de haber dado con el clavo. *¿O hice lo que él quería?*

-Sí, reos estúpidos, Steve nos dijo que Zackary le pidió que hiciera que el tubo del agua estallara -afirma el guardia Valentine.

-¿Pero de dónde sacará tantas idioteces? Creo que el pobre se quedó loco después de la golpiza que le dieron. ¿Es por eso que decidieron venir oficiales? Pensé, por un segundo, que venía a disculparse. Pero por las esposas, creo que no.

No puedo hacer nada cuando el oficial de la derecha le acomoda un golpe muy duro al novato en el estómago. *De este tipo de situaciones no lo puedo defender, vaya que le han metido uno fuerte. ¿O es parte de su plan?*

El chico no logra defenderse ni responder nada, parece que se queda sin aire unos segundos. Antes de que alcance a reincorporarse, el policía le coloca las esposas detrás de la espalda. *Curioso, es la misma posición que siempre pone cuando analiza o ve algo.*

-No necesitas que te pase lo mismo que al arrogante de tu amigo, ¿o sí? Ya una vez le había advertido que no podía utilizar ese tono conmigo -aclara Valentine.

Miro al pobre chico que no logra enderezarse y acepto con un cabeceo afirmativo.

-Bien, ponle las esposas Víctor, con delicadeza, éste no es idiota.

-Ja, ja, idiota habéis sido tú, al dejar que el gorilón "Vicky" me pegara en el estómago. Pero no hay problema, terminará muerto -dice Zack arruinando aún más la situación.

Por respuesta obvia, el "gorilón" repite su golpe con más fuerza y logra desplomarlo en el piso. Trato de hacer algo pero el otro oficial me sujeta las muñecas e inmoviliza.

-Si no logras ponerte de pie, animal, te arrastraré con una cuerda, ni creas que te voy a cargar como a un bebé -le escupe bruscamente el policía, agarrándolo de la camisa y levantándolo con fuerza, haciendo que luzca más débil aquel pobre novato.

-¡Vámonos, pues! Al Capitán Price no le gusta esperar. Y si crees que este guardia es un cabrón por disque pegarte dos veces, espérate a que conozcas al jefe, te partirá en dos, chico -le advierte Valentine, con un tono soberbio en su voz.

Y bien que tiene razón. Yo vi cuando golpeó y humilló a un guardia por no estar en su posición tres minutos: el güey casi se muere en el acto. También vi cómo apaleaba con una macana a un reo gordo por robarse comida de la cocina hasta que lo mató. Con eso tuve para nunca querer conocerlo. *Y ahora lo haré por culpa de Zack...*

Comenzamos a andar por el ancho pasillo del bloque de celdas E.T. *Je, je, siempre me acuerdo de esa película...* Mientras, veo cómo el sol baja hasta perderse de vista. No tenemos acceso a la hora, pero imagino que son como las siete de la noche.

Zack avanza en silencio, con la mirada baja. Cuando me inclino un poco hacia atrás, compruebo que va jugueteando con sus dedos de nuevo y lo hace de prisa. *¿Pero qué demonios...?*

-Permiso para acceder al ala noreste, bloque W. Cinco personas: dos reos y tres guardias -le dice Valentine a un pequeño transmisor que está en la pared al lado de una puerta siempre cerrada.

-¿Motivo para accesar al cuadrante NE W? -pregunta una misteriosa voz ronca. *Debe de ser de uno de los vigilantes en el cuarto de cámaras.*

-El Capitán tendrá audiencia con ellos, hubo un conflicto a las mil doscientas horas en el cuadrante cero. Serán reprendidos -responde el oficial con mucha seriedad. *Creo que se toman muy en serio esto de "ser guardia" y lo de sus "códigos".*

-Enterado, clave de acceso para los siguientes tres bloques: cuatro, alfa, bravo, siete, tres... *Bla, bla, bla. Aburrido, ¿por qué no nos dejan pasar y ya?*

Bong.

Atravesamos una zona de celdas que nunca había visto...

Bong.

Pasamos una zona sellada completamente por concreto, es un diminuto pasillo con una puerta al centro de la pared...

Bong.

Atravesamos otra zona de celdas. Según la cuenta, debe de ser el bloque Z, donde está Samael, Pablo y Barden.

Bong.

Llegamos a una sala iluminada con muchos cubículos en forma de escuadra. Distingo, por lo menos, cuarenta escritorios con personas adentro. *"Administrativos"*. Caminamos por el pasillo hasta una puerta negra, fea y maquiavélica, con una insignia de oro incrustada en ella. Al acercarnos distingo el nombre de: "Cpt. T. Price L." con letras manuscritas muy finas.

Toc. Toc. Toc.

-Disculpe Capitán, traemos a los reos del cuadrante Este, bloque T, celda S, código de reos: dos, siete, siete, seis, diez -dice Valentine con nervio.

-¡Pasen! -replica una voz tosca y brusca.

Cuando el oficial abre la puerta vemos una adorable oficina. Tiene cuadros de Picasso y Van Gogh en una pared, en la otra, cabezas de venados y osos; un amplio escritorio café opaco, un tubo metálico horizontal gris, como el que utilizan las bailarinas de ballet, opuesto al escritorio y un par de sillas, justo delante de su lugar.

Sin ver a nuestro solicitante, tomamos asiento y nos esposan al antebrazo de la silla, dejándonos la mano izquierda libre y la derecha encadenada, pero movible. Una vez terminada su labor, los guardias se retiran de la habitación.

-Tengo que ser rápido -me susurra desesperado Zack-. Obedece, actúa y ya.

*¿¿¿Qué???*

-¡Entonces! ¡Vamos a aclarar algo desde ahora: no soy su amigo, y estoy aquí para joderles la vida hasta que no puedan más! ¡Si quieren regresar "caminando" a sus celdas, me tendrán que decir todo sin dudarlo, ¿entendieron?! -nos grita esa fuerte, imponente y misteriosa voz desde atrás de una puerta. *Seguramente es el baño.*

De pronto se activa un sonido muy fuerte proveniente de dicho cuarto, que me eriza la piel de inmediato. Cuando distingo mejor ese mecánico chirrido, me doy cuenta que es una sierra eléctrica. *Es sólo para asustarnos y quebrarnos, he escuchado antes su pequeño truco.*

Con mis manos tapando mis orejas volteo a ver a Zack para advertirle ese pensamiento. Sorprendentemente está relajado, con las manos en el antebrazo de la silla y con una mirada de fuerza genial. *Parece que a este chico no le asusta nada.*

Cuando se agota el sonido, se abre la puerta de ese pequeño cuarto secreto y distingo una silueta grande. Parece que tiene piernas en sus brazos, demasiado fuerte. Al salir a la luz veo su tosca cara con su mirada de maldito, ojos azules, pelo rubio, corte de casquete corto, y trae una barra metálica en su mano derecha.

-¡Bienvenidos! ¡Soy el Capitán Price! ¡Su acompañante de esta noche!

*El verdadero Diablo.*

## 14

*¡C**arajo!*
-Buenas noches, Capitán Price, he oído mucho de usted. Nos agradaría saber por qué nos han traído aquí esta noche -le pregunta Zack, con ese tono habitual que usa con extraños para desagradarles: sarcástico y cortés. *¡Neta que no comprende cuándo quedarse con la boca cerrada!*

-Muy buenas noches, reo dos, siete, siete, seis, diez, B. ¿Cómo pretendes qué diga tu nombre? -consulta gentil y burlón como el chico.

-Zack.

En ese momento, el verdadero diablo lleva su puño derecho con fuerza al estómago del novato, haciendo que la silla se caiga para atrás y quede el cuerpo inerte en el piso de madera. Hasta a mí me duele tremendo golpe. Después del "zaz", sólo se escuchan los débiles gemidos de Zack. *Ese estuvo muy fuerte, se ve que resiste bastante.*

-¡Te faltó el: gracias, Capitán Price! ¡Imbécil! ¡Te llamo por tu nombre, me llamas por el mío, ¿entendido, Zackary?! ¡Y bájale a tu maldito tono!

El pobre Zack está tumbado en el suelo con una mano sobre su estómago, obvio ni tiene fuerzas suficientes para contestarle.

*Sólo espero que no lo amenace de muerte como cada persona que lo toca... ¡Espera! Yo también le pegué, ¿entonces...?*

-¡Y tú! Reo dos, siete, siete, seis, diez, A. ¿Te llamo Albert o Al?

*¿Qué le respondo?*

-Como usted desee, Capitán Price -contesto audazmente, esperando que no me pase lo que al chico.

La cara del torturador no cambia cuando me suelta un golpe en la mejilla derecha. No me caigo de la silla, pero siento cómo la sangre me bombea muy aprisa y empieza el dolor de cabeza, punzadas y el calor de un hilo de sangre que sale de mi boca. *¡Auch! ¡¿Pero qué hice?! Awww, qué bueno que fue con su izquierda.*

-¿Pero...? ¿Por qué? -pregunto en tono de súplica y desesperación.

Al instante me coloca una cachetada en la mejilla izquierda con la parte frontal de su mano izquierda. *¡Auch! Okay, calladito me veo más... ¡Auch! Bonito.*

-¡Porque eres un sucio y asqueroso asesino! ¡No me dirijas la palabra a menos que te pida una respuesta, cretino! -replica Price, escupiéndome en la cara. Se ve más terrorífico que nunca, pues una vena en la cabeza le palpita muy rápido y su rostro tiene un color rojo intenso.

*Pero sí me hizo una pregunta... Lo que tiene de fuerte lo tiene de imbécil.*

Para no arruinar más la situación, sólo asiento afirmativamente con ese intenso dolor en mi cara.

SALVADOR A. VILLANUEVA BEK

-¡Bien! Ahora tú, novato. ¡Explícame por qué te haces el fuerte, eh! ¡¿Por qué quieres dominar mi Ciudadela?! -interroga al chico mientras lo levanta, junto con la silla, del suelo.

-¿Por qué... cree... eso? -pregunta Zack entre jadeos. *¡Está más pálido que un muerto!*

-¡Porque el tal Steve me dijo que tú ya estás arriba de Samael, y nadie puede hacer eso en tan sólo dos días! ¡¿Cuéntame, que pasó, cómo lo convenciste, qué le ofreciste?!

-Sabía su... verdadero nombre... eso es todo... Parece que no quería... que lo llamaran... Ashley -responde el manipulador joven, un poco menos paulatino.

-¡¡No te creo!! -exclama, y justo cuando levanta por segunda vez su puño derecho en el aire, me interpongo diciendo:

-Espere, capitán, dice la verdad, he estado pegado a este chico desde que llegó y lo único con lo que se defiende es con eso. Lo que el chico quería era no ser tocado.

-Pues parece que ya no se cumplió, ¿verdad? -dice, acomodándole otro golpe en el estómago; a diferencia del anterior, el torturador sostiene la silla para que no se caiga de nuevo.

-¡Escuche! Mañana por la mañana, como a las doce del día, nos volveremos a ver, la diferencia es que ya no me va a poder tocar. *¿Qué hace?* Entonces le voy a pedir que, como personas civilizadas que somos, nos sentemos a platicar en paz.

*¿Ya le revela el plan a todo mundo? ¿Qué quiere lograr con esto?*

-¿Ah sí? -expresa burlonamente- ¿Y eso por qué?

-Mañana. Sea paciente, le gustará lo que verá -impone el chico, ya recuperado de tan tremendos golpes.

-Zack, por favor, no hables más, sólo lograrás que te maten, en verdad, ¿por qué haces esto? -le pregunto en tono de súplica.

-Como te dije una vez Al: Benötigen, um bestimmte, dinge zu tun, um hier raus. -me dice el chico mágicamente en alemán. *¡¿A ver, qué?! No que no sabía hablar alemán. ¡No entiendo qué tiene este idiota en la cabeza! ¿Por qué me respondió...?*

-¡¿Qué dijo este imbécil?! ¡Tienes tres segundos! -replica el capitán, levantado de nuevo su puño derecho.

-¡Albert! No digas nada... -"pum", otro golpazo en su estómago. *Obedece...*

-¡Te lo advierto, el siguiente va con el tubo metálico! -resopla Price.

*¡¿Qué hago?!*

-Espere, no entendí mucho, pero creo que dijo algo con lo siento, duele mucho, ayúdame -contesto... ¿inteligentemente?

El capitán suelta la silla de Zack y baja su puño. Sin quitar su mirada de maldito, se dirige hasta su escritorio y toma la barra metálica con su mano derecha. En lugar de volver con el chico golpeado, se para justo enfrente de mí y ubica el grueso tubo en mi sien.

-No te hagas el héroe, voy a contar hasta tres y me dirás qué te dijo. Uno...

*¿Qué hago?*

-Dos... -comienza a levantar la barra en el aire.

*¡Dios mío, qué hago! ¿Qué hago? ¡Me van a mandar a dormir si no le digo algo!* Y como si la respuesta me cayera del cielo, recuerdo lo que el joven genio me dijo: *Actúa...*

-¡Señor, perdóneme! ¡Tenga piedad! ¡Nunca antes en los cuatrocientos días que llevo aquí nos habíamos visto! ¡Somos buenos, capitán, de verdad! ¡El chico ya no sabe qué contestarle, me dijo que ya no tiene fuerzas, que respondiera por él, cree que morirá! ¡Hace rato me dijo lo mismo! ¡Es un buen chico que cometió un error que lo trajo aquí! ¡Perdónenos señor, por favor! ¡Le juro no volverá a pasar! ¡Lo de Steve fue un error, no fue planeado! ¡Zackary sólo quería saber qué tan fuerte era! ¡Nunca fue nuestra intención, señor! ¡¡Por favor!! -le grito en un tono mayor que súplica, más como cuando condenan a alguien a la horca o algo así. *Qué buen actor soy. No puedo creer que Zack previera esto, simplemente es demasiado.*

El Capitán Price se queda inmóvil pensando en las palabras que acaba de escuchar. Aunque fuera actuado, la mayoría de las cosas que le dije son verdad: nunca nos habíamos topado con él, somos buenos, y se está muriendo el pobre chico. Claro que, en lo que mentí fue en…

-A ver si comprendo toda la porquería que me acabas de escupir. Me estás diciendo que el "chico rudo" que amenazó a Samael y que predice el futuro, te pidió en alemán que intervinieras, ¿porque no aguanta mis golpes? No tiene mucha lógica, Albert -pregunta más tranquilo y relajado el torturador. *Tiene razón, no es muy creíble.*

-Sí, yo sabía que la duda haría que parara su siguiente golpe, si lo decía y usted me entendía, me hubiera pegado de todas formas -dice Zack, sacándome de aprietos.

-Okay, basta de misterios y de idioteces. En cinco minutos ustedes saldrán de esta oficina, lo que me digan en ese plazo determinará en qué estado se van: caminando o en bolsas. Así que... -comienza a caminar hacia su escritorio, bordeándolo por mi lado y se sienta en su cómoda silla de piel, soltando el tubo metálico en la mesa, haciéndolo resonar muy fuerte y sube los pies- comiencen a hablar.

Zack voltea a verme y asiente con la cabeza en forma de aprobación. *¡Vaya, lo hice bien! ¿O...? ¿Me insinúa otra cosa? ¿Querrá decir algo más? ¿Obedece, actúa y ya? Según sus indicaciones, creo que a partir de aquí le toca sacarnos de aquí.*

-Disculpe Capitán Price, ¿qué desea saber? -pregunta muy calmado Zack.

-Primero, ¿quién eres? ¿Por qué un joven como tú mata a tres personas, eh? -le responde con otra interrogante.

-Me llamo Zackary y soy ingeniero en física molecular y nuclear. *Inteligente, no dice la civil por si las dudas.* Soy pobre pero de familia numerosa y mi coche se estampó en la carretera cuando yo no estaba en él. Murieron tres personas por mi error. No digo que no merezca estar aquí, señor, simplemente no encajo.

-Ajá, ¿y por qué hablas alemán? -pregunta de nuevo el desinteresado capitán.

-Mi último apellido es Müller, capitán; mi madre habla alemán -le responde. *¿Con la verdad o es otra de sus tretas, como su origen? ¿O a mí me habrá engañado?*

-Okay, cuadra. ¿Qué fue todo ese show de la zona cero?

-Perdone, ¿zona cero? -interrumpo incrédulamente.

-Ustedes lo conocen como el "patio de juegos", es donde trabajan, estúpido reo. -me responde bruscamente.

SALVADOR A. VILLANUEVA BEK

Zack voltea a verme, pone su mirada burlona de: "te lo dije" y le contesta:

-Estábamos retándonos señor. Les dije que yo era fuerte, si le ganaba a Steve no me tocarían, pero el pobre le dio a una tubería y sus guardias lo arrestaron antes de que pudiéramos terminar el duelo. Si revisa las cintas de seguridad comprobará lo que dije. Ah, y el baile extraño que hice fue para tentarlo a participar -responde el brillante chico. *¿Cómo es que puede inventarse historias así? Menos mal que yo no dije algo erróneo.*

-Enseguida regreso. Voy a corroborar tu historia con los videos; tendrán dos minutos para recuperar fuerzas, porque si veo una falla en la coartada, la necesitarán y mucho -amenaza, marchándose de la habitación dando zancadas.

-¡¿Qué rayos fue todo ese numerito, Zack?! ¿Cómo sabías lo de obedece y actúa? ¿Cómo sabías todo esto? -le pregunto en susurros desesperados al joven encadenado.

-Al rato te explico todo. Todavía falta una actuada más -me responde también en murmullos.

-¿Lo hice bien? ¿Eso de la "lloriqueada" fue creíble?

-Ja, de hecho comencé a pensar que no hablabas alemán, me impresionó la pequeña historia que contaste sobre lo que te dije. ¿O en verdad entendiste mal? ¿Qué entendiste? -pregunta Zack intrigado. *Vaya, no pensé que lo escucharía hablar en ese tono.*

-¡¿Qué pasó?! Entendí perfectamente, recordé cuando me lo habías dicho antes: Necesitamos hacer ciertas cosas para salir de aquí.

# 15

El capitán entra a su despacho azotando la puerta, con dos bolsas en la mano.

*Oh, oh.*

-¡Par de cretinos imbéciles! -nos grita, escupiéndole a todo su alrededor.

-¿Qué ha pasado, señor? -le pregunto en tono de duda pero no de súplica, no quiero revelar la mentira con mi voz.

-¡Revisé las cintas! *Ups.* ¡¡Y lo que vi...!! *Tenemos problemas...* ¡Fue cierto! *Ah...* Su historia parece concordar un poco, lamentablemente no vamos a poder corroborar su grandiosa fábula con Steve...

-¿Qué le pasó? -dice Zack, muy entusiasmado por la siguiente respuesta de Price.

-Digamos que su cuerpo no soportó tanto como el tuyo. Aquí no nos andamos con tonterías. Si fue intencional o no, el idiota rompió una tubería y cuarteó la pared. No debe haber indicios de debilidad, ¿cómo creen que controlo el lugar? -pregunta el relajado y cambiado capitán. *Otro pinche bipolar...*

-Tiene razón, con la fuerza bruta. Excelente señor, créame que sí nos ha llegado a espantar -contesta el impertinente joven, un poco burlón, pero parece que el ambiente ha cambiado.

El jefe de seguridad nos observa en silencio con una mirada acechante y atroz. Trata de detectar alguna falla, *¿o decide qué hacer con nosotros?*

-De acuerdo, creo que se irán caminando a sus celdas -afirma con decepción- ¡Valentine! ¡Aquí en menos tres! -grita imponente. *Sí claro, se hace el muy fuerte ahora.*

-Dígame capitán, ¿qué puedo hacer por usted? -pregunta el acelerado oficial que llega corriendo como si lo persiguieran.

-¡Llévate a los reos dos, siete, siete, seis, diez A y B de vuelta a la celda S! ¡Y quítenles las esposas cuando estén tumbados en el suelo! -y anunciando esa próxima golpiza, se mete a ese cuarto secreto de donde provenía el sonido de la sierra eléctrica.

-Sí, señor. ¡Víctor, las llaves! *Me encanta ver cómo Price le grita a Valentine y éste a su subordinado.*

El carcelero y su acompañante entran caminando tranquilos y se dirigen primero a mí, me quita la esposa que está amarrada a la silla y me las vuelve a colocar en la espalda para después aventarme devuelta a mi asiento.

Cuando está frente a Zack, no le quita las esposas primero, sino que le acomoda un buen golpe en la mejilla izquierda, sacándole un hilito de sangre en el labio.

-¡No veo que esté muerto, ¿o sí, imbécil?! -protesta el gorilón.

-No te preocupes, en tres días sí lo estarás -le responde el profeta.

El oficial le vuelve a pegar en la misma mejilla. El pobre chico no aguanta el golpe y se desmaya.

-¡Suficiente, Víctor! Se supone que la golpiza era hasta que estuvieran en sus celdas. Ahora lo tendrás que cargar todo el camino, imbécil -le manda Valentine a su subordinado. *¡Estoy tan cansado! Qué raro que Zack aguantara los tremendos golpes de Price y estos no. ¿Estará fingiendo...? ¿Todavía falta una actuada más? ¡Excelente chico! ¡Brillante!*

-Le voy a decir al capitán lo que acaban de hacerle al novato. ¿Cómo pudieron desobedecer su orden de que camináramos? -les digo en tono de advertencia. *A ver si me creen.*

-¡Dices una palabra, imbécil, y no vuelves a ver la luz del día! -me replica, apuntándome con su macana en la cara.

-¡Capitán! ¡Señor! ¡Venga rápido! ¡Sus hombres...! -comienzo a gritar disque desesperado cuando un ensordecedor golpe en la sien me interrumpe. *Awww, no duelen tanto como los del capitán.* Agacho la cabeza fingiendo estar desmayado. *Un poco más fuerte y hubiera sido verdad.*

-¡Maldición! ¡Víctor, cargas a Zackary! ¡John, te toca Albert! ¡¡Rápido!! No vaya a ser que Price haya escuchado -manda Valentine.

Con los ojos cerrados me imagino la escena que está sucediendo a mi alrededor: le quitan las esposas a Zack y después se lo trepa en el hombro. Ahora siento cómo John me levanta con sus brazos y enseguida descanso mi estómago en él.

-Venga, vámonos -afirma el policía y enseguida comienzan a caminar.

La luz brillante de la habitación de los administrativos me deslumbra aún con los ojos cerrados. Escucho un par de gritos de confusión al vernos pasar y el gorilón les dice:

-No hay de que alarmarse, están vivos. *¡¡Están vivos?! Llevan a dos sujetos en sus hombros y como no estamos muertos no hacen nada. ¿Qué rayos es esto? Claro, es la Ciudadela.*

-Solicitamos permiso para accesar al cuadrante Este, bloque T; somos tres guardias y dos reos desmayados. Acabamos de pasar -dice Valentine al vociferador de la pared, supongo.

-Enterado -contesta la distorsionada voz del guardia a través del transmisor-.Misma clave para accesar a las siguientes tres áreas: cuatro, alfa, bravo, siete, tres, alfa, oso.

-Gracias -responde el oficial y después de unos cuantos pitidos suena el siempre agradable sonido de la alarma:

Bong... Sonido de pasos a través de las celdas de Samael. *¿Querrá el chico que nuestro jefe nos vea así? ¿Será parte de su plan?*

Bong... Caminata de los guardias por el gran muro de concreto. *Ay sí, el misterioso bloque X. Ja, ja*

Bong... Otro pinche bloque de celdas. *Ya me cansé de estar en esta posición.*

Ultimo Bong... Olor conocido: el bloque T.

-Abran la celda S -dice en voz baja Valentine.

Cuando suena la alarma de siempre, nos meten a nuestras celdas y nos dejan caer al suelo bruscamente. *¡Auch!* Siento cómo me quitan las esposas de las muñecas y después escucho al oficial decir:

-Bueno pues, Price dijo que les quitáramos las esposas cuando estuvieran en el suelo, así que... vámonos -asegura el guardia para después cerrar la puerta detrás de ellos.

Un minuto después me muevo un poco para indicarle a Zack que ya no hay moros en la costa y nos levantamos.

-Awww. ¿No estás cansado chico? -le pregunto, poniéndome una mano en el estómago.

-Un poco, duele menos cuando sabes que va a pasar. Además de que tengo como diez años menos que tú.

-Ocho. ¿A poco me veo tan viejo? -cuestiono, un poco indignado.

-Por estar en forma te ves más joven, claro. Se ve que estás en buenas condiciones, pero tus canas te delatan.

-Era docente de alemán antes de la Ciudadela -le revelo en la oscuridad al chico.

-¡Interesante, cuéntame más! -exclama el sorprendido de Zack.

-Ja, te toca revelarme tus secretos. Tienes que darme algo, acabo de soportar tremenda paliza por tu culpa y ni siquiera sé la razón -le exijo, limpiándome el hilo de sangre de mi barbilla.

-¿En serio quieres toda la explicación ahorita? Es larga y me encuentro fatigado. Mañana por la mañana tendremos mucho tiempo para que te explique lo que desees.

Diciendo eso se sube de un brinco a su litera. *Ajá, muy cansado…*

-Espera, Zack, por lo menos respóndeme una pregunta, creo que me lo merezco.

Cuando escucha eso, veo su sombra asomarse de la litera y con una sonrisa macabra me pregunta:

-Okay. ¿Qué deseas saber?

-¿Sabías lo que pasaría? ¿Con lo de Price?

-Sí Al, lo sabía -me responde con un suspiro.

-¿Y? ¿Cómo sabías que yo lograría entender todo lo que me habías dicho? ¿Cómo sabías que te haría caso?

-Simple -dice, acomodándose en su ruidosa y plana cama-. Eres maestro.

## 16

*Me encuentro parado en una bonita habitación, el fuego está prendido...*

*No reconozco dónde estoy...*

*Tengo las manos ensangrentadas, hay un cuerpo inerte en el suelo...*

*Sólo trataba de ayudarla...*

*Tengo tiempo antes de que muera...*

*Me van a perseguir por esto...*

*La amo demasiado...*

-Hey, Albert, despiértate -me dice Zack, moviéndome un poco hasta que abro los ojos completamente.

-Faltan un par de minutos para que suenen las alarmas. No tenemos tanto tiempo para platicar; venga, levántate.

-Ah, antes de decir cualquier cosa, quiero saber si me vas a gritar si te digo buenos días en alemán -pregunto burlonamente mientras estiro los brazos.

-No te volvería a gritar lo mismo, pero no lo hagas, no es bueno que nos escuchen hablando en nuestro "idioma secreto" -replica el chico en el mismo tono burlón.

Bostezo una vez y le interrogo:

-¿Qué es lo que me vas a platicar?

-¿Qué quieres saber? Estoy dispuesto a decirte lo que quieras porque al rato visitaremos al Capitán Price y ya no te podré contar mucho -pregunta mientras se sienta en el escusado de nuevo.

*Mmmm... ¿Con qué empiezo...?*

-¿Quién eres chico? Porque ya no me creo la historia de "soy un pobre ingeniero que cometió un error".

-Todo lo que te conté sobre mi vida antes de este infierno es verdad. Estudié esas dos ingenierías y cometí el error que me trajo aquí. Todo eso es cierto. También lo es Emily, la amo demasiado como para permanecer en este lugar, por eso me iré con ella a Las Vegas en cuatro días -me responde, mirando la pequeña ventana abarrotada con desapego.

-Gracias por ratificar eso. Hablando del tema dos preguntas: ¿Qué te dio Emily en el sobre? Y, ¿cómo planeas salir de aquí?

-Las dos ya han sido contestadas en algún momento: mi dulce chica me dio dinero y yo saldré por la puerta de entrada -manifiesta seriamente.

*Tiene razón, sí me ha dicho cosas de su plan. Pero sé que oculta algo, lo sé.*

-En la entrada de la Ciudadela, con Gail, me hiciste una seña con los ojos que no sé si te contesté bien. ¿Qué querías saber? -le pregunto.

-Pero Al, eso ya lo sabías. Preguntaba si ese estúpido guardia era uno de los compinches de Samael. Gracias a que me contestaste bien pude defenderme de una próxima paliza -declara con mirada severa y agradecida.

*¿Próxima... paliza? Paliza... golpes... amenazas... ¡Bingo!*

SALVADOR A. VILLANUEVA BEK

-¡Un segundo! ¡Cada que alguien te pega como Steve o Víctor, acaba mal porque lo amenazas de muerte! Aunque todavía no le pase nada al guardia, ¡sé que le harás algo! Si todos los que te tocan mueren, ¿por qué no me has amenazado? Fui el primero en pegarte y no recibí sentencia alguna, al contrario, ¡recibí una disculpa! No entiendo qué es esto -confieso desesperado.

-Ya te había contestado esa pregunta. Eres inocente y esperaba que me pegaras, si no lo hubieras hecho, mi plan no funcionaría.

-Entonces, ¿cómo? -le digo enojado- ¡Supusiste que iba a defenderte de York y sería un peón más de tu juego! ¡No puedes saberlo todo, Zack! -exploto, con un cambio medio bipolar. *Esto es contagioso.*

-No eres un peón, Al. En términos de ajedrez serías la pieza más poderosa del juego: la reina. Gracias a ti saldremos de aquí y eso es lo que cuenta. Tranquilo -me dice sereno.

-Okay, me calmaré por ahora.

*Pero es que no entiendo…*

-Antes de tu siguiente pregunta, quisiera saber: ¿Cómo es el tal Gail? ¿Te agrada?

-Mmmm, pues no mucho, siempre está amargado y es el menos colaborador de los tres guardias. ¿Por qué la pregunta?

-Me lo imaginaba… Simple curiosidad -responde, ocultando algo. *Parece que no he acertado con sus temas de interés.*

-¿Qué haces con tus manos?, ese extraño movimiento con los dedos, lo he visto cuando analizas o planificas algo -indago acelerado.

-Je, je, por así decirlo… armo un cubo de colores, de esos que venden en las tiendas de juguetes. Lo armaba mucho en casa, era rápido, lo hacía en veinte segundos.

-¡Wooow! -exclamo- Nunca lo hubiera pensado Zack, eres un genio, pero, ¿por qué simulas que lo armas?

-Porque el cubo me recuerda dónde estoy y qué debo hacer. Es como una lista de planeación de cómo salir de aquí. Escucha con cuidado porque no lo repetiré dos veces: para armarlo debo tener las piezas adecuadas y ponerlas en posición, después tengo que realizar unos pasos para armar un lado del cubo; éste tiene seis lados, dependiendo de las piezas puedes saltarte algunos pasos si son colocados en el lugar correcto. Los pasos que siguen se desarrollan con calma pero muy seguros, y aunque no parezca que se arma la siguiente fase del cubo por la variedad de colores disparejos, están encajando de manera perfecta. Para terminar de armarlo tienes que hacer un paso final, un solo golpe y todo termina. Ese, mi amigo, será en tres días.

*¿Qué? ¡Qué! Ya lo tengo… no, espera, ¿Qué? Me acaba de decir lo que va a hacer… ¿o sólo dijo estupideces? ¿Seis lados de colores? ¡Seis días! ¡Demasiadas coincidencias! ¿Cómo encaja la historia del origen del mundo con un simple cubo? ¿Un golpe final? ¿Qué pasará en tres días? ¡Wooow! No entiendo nada pero debo de analizar mejor todo esto. Dijo que ya armó un lado de la cara, día uno… Colores disparejos… Alborotar el panal… Soy clave en esto… Colores… Personas… ¡¿Qué?!*

Bong. Bong. Bong.

## 17

—¡A fuera, malnacidos, muévanse! -grita Valentine, mientras pasa con seis guardias al conteo y chequeo diario para ver si seguimos todos aquí. *Como si hubiera una salida...*

-¡Están todos, señor! -contesta el oficial Kurt delante de nuestra puerta, después nos voltea a ver con su gorda cara, poniendo una mirada atemorizante. *Ja, Ja, Ja.*

-¡Entonces muévanse, malditos! ¡Si no desayunan rápido los pondré a trabajar el doble! -vuelve a mandar el jefe de los guardias.

-¡Métanse a su celda, idiotas! ¡Ni crean que no cumpliré mi promesa! ¡Valentine, venga un segundo! -nos escupe el regordete oficial.

Al guardia no le agrada escuchar su voz. Todos los policías lo odian por ser un soplón, pero si no le hacen caso, les hecha a Price encima.

-¿Qué quieres, Kurt? ¡Atrasas la operación! -resopla el enojado dirigente al aproximarse a nuestra celda.

-Señor, estos dos no tendrán desayuno, ayer me insultaron y ese será su castigo.

Antes de que pueda protestar, Zack me da un codazo, indicándome que deje las cosas así.

-Vaya, vaya, los mismos que comienzan a hacer ruido por aquí eh. *Panal...* ¿Por qué no los mandaste a aislamiento o les pegaste un balazo, estúpido? ¡¿De qué sirve que seas el maldito oficial si no impones nada de disciplina o autoridad?! -le demanda al chaparro gordito, haciendo que se encoja y retroceda un paso.

-Porque sin alimento tendrán una sesión laboral difícil, recordarán no volver a faltarme al respeto.

Valentine desenfunda su macana y se aproxima a nosotros. Sin una advertencia me tiende un buen golpe en el estómago con su macana. Me encorvo del dolor y enseguida escucho que también le acomoda otro golpe a Zack.

-¡Métanse a su maldita celda! -nos grita.

Flojitos y cooperando, entramos a nuestra morada. Claro, con un pinche dolor abdominal... Después de cerrar la reja, Valentine se acerca al guardia y le dice en tono bajo pero amenazante:

-¡Orden y autoridad! ¡Es lo que se tiene que aplicar en este lugar! ¡Este par ha estado muy mencionado desde que llegó el chico nuevo! ¡En la Ciudadela no existen los héroes, imbécil! ¡Más te vale que la próxima vez que sepa de ellos sea porque están en un papel de defunción y en una maldita bolsa negra! ¡¿Entendiste, oficial Kurt?! -grita severamente, alejándose hasta perderse de vista en la entrada del comedor. *Mierda, espero que el maravilloso chico profeta haya anticipado esto.*

-Bueno, pues, ¡ya escucharon al jefe! ¡No quiero volver a saber de ustedes dos, ¿oyeron?!

-Pensé que también eras un guardia, ¿o sólo el criado? -le resopla burlonamente Zack. *¡No puedo creer que lo acaba de insultar de nuevo después de la amenaza!*

-¡¿Qué dijiste, imbécil?! -responde, desenvolviendo su pistola.

-Tranquilo Kurt. Tengo algo para ti, necesito que se lo lleves al Capitán Price -dice el impertinente chico mientras saca el sobre amarillo que traía oculto debajo de la playera.

*Se ve menos lleno que ayer, seguramente le ha quitado un poco de dinero. Mmmm... él nunca me enseñó el dinero... ¿Será eso lo que le habrá dado? ¿Cómo sé que es dinero? ¡Maldito! ¡Se puso el sobre en el estómago como cojín! ¡Amortiguó todo el golpe de Valentine! ¡Si lo sabía, debió haberme advertido!*

El guardia duda un poco en tomar el sobre hasta que se acerca y se lo arranca de la mano. Lo abre, y después de unos segundos la expresión del policía cambia radicalmente aparentando estar feliz. *No entiendo la alegría si el verdadero diablo no acepta ningún tipo de soborno.*

-¡Mira nada más! ¡El nuevito ha estado haciendo su tarea! Se lo llevaré de inmediato al capitán, espero le dé gusto -diciendo eso, el bipolar guardia se aleja corriendo.

-¿Qué fue eso chico? Hace treinta segundos este tarado te hubiera matado y ahora parecen cuates de toda la vida. ¿Qué es lo que le has dado? Y respóndeme sinceramente, no creo que se haya alegrado de ver dinero -pregunto intrigado, mientras el relajado nuevito se sienta en mi litera. *Debo sacarle todo lo que pueda antes de que Kurt vuelva.*

-Eso es exactamente lo que le di. Bueno, solo un poco, lo demás lo necesitaremos después -me contesta tranquilamente.

-De acuerdo, Zack, me estoy desesperando un poco. ¿Por qué crees que puedes manejar esta cárcel con billetes? ¡Es incorruptible! Tienes que explicarme de dónde viene ese dinero, cómo pasó por seguridad, dónde lo escondes, por qué se lo das al guardia más soplón de toda la Ciudadela y por qué crees que después de habérselo revelado al Capitán, te dejarán quedarte con el dinero -le grito, numerando las preguntas con exagerados y desesperados ademanes con los dedos.

-De acuerdo, bien rápido: le pedí a Emily que me trajera ese sobre que estaba en mi cuarto aunque ella no supiera qué era. No tengo idea de cómo pasó por seguridad, supongo que no es tan estricta como otras prisiones. Está en una bolsa de plástico, dentro de la caja del retrete, hice eso mientras dormías. Porque se lo quedará y nos va a delatar con Price. Y creo que con esa contesté la última. -responde pasivamente, haciendo el mismo ademán de los dedos.

*Si ella no sabía, ¿significa que ya tenía preparado el dinero? Si es así, ¿cómo sabía que lo necesitaría? ¿Cómo no fue revisada si ésta es una cárcel de máxima seguridad? Si necesita ese sobre para su "plan", entonces sabía que su dinero pasaría por seguridad ¿Pero cómo? ¿Sabía que entraría? ¿Fue planeado...? No, no, sería demasiado, imposible, ¿con qué motivo? Seguramente después del accidente hizo lo del sobre... ¿La bolsa de plástico? Claro, dentro del sobre y lo del gordito soplón que...*

De pronto interrumpe mis pensamientos el sudado oficial, quien regresa corriendo de no sé dónde:

-He hablado con el Capitán Price. Después los recibirá en su oficina.

## 18

¡¿*Qué?!* -Muchas gracias, oficial Kurt. Me alegra que seas inteligente -le dice Zack al feliz guardia.

*¡¿Feliz?! ¡Pero si es de los más amargados!*

-No te pases idiota, el hecho de que me hayas entregado esto no significa que tienes poderes aquí. Y debes hablarme de usted, animal -responde el guardia.

-Cuidaré mis palabras y "usted" cuidará ese sobre -replica el chico señalando su chaleco.

-No sé cuánto le interese al Capitán Price lo que me has dado, es un hombre ocupado, seguramente irán después del desayuno o a la hora de las duchas.

-Preferimos la hora de las duchas, no me agradan los hombres desnudos. Si puedes hacer eso, ¿no? Kurt -le dice en tono burlón y ofensivo. *No tiene ni idea de lo que hace al insultarlo. ¿O...?*

-Cretino malagradecido, me aseguraré de que tu cita la tengas más temprano para que no te pierdas la agradable vista de tus "hombres desnudos". Ahora vuelvo, estúpido -le contesta bruscamente el oficial, mientras se aleja de la celda.

-Antes de que digas una palabra Al, déjame decirte que era exactamente lo que quería: no salir al patio. Las duchas me dan igual, porque son por bloques y así no nos toparemos a tu disgustado jefe -me ilumina Zack, mientras lo observo con la misma cara de asombro y duda. *Debe de dejar de leerme la mente.*

-¿Y cómo sabes que la bañada semanal es por bloques, Zackary? ¿Hay algo que sepas o que ya sabías? *Le di en el clavo...*

-No, solamente lo supongo. La "zona cero" es demasiado grande y cabemos todos, pero por lógica y por mis estudios, sé que no hacen las duchas tan grandes como para meter ahí a dos mil personas -me responde inteligentemente el chico nuevo. *Se salió por la tangente.*

-Ajá, voy a suponer que todo eso lo sabe tu gran cabecita, pero ya no te compro que veías venir lo de Valentine, la reacción de Kurt y lo del Capitán Price. Creo que todo son coincidencias o que le diste algo más en ese sobre -aseguro calmado pero con una mirada audaz, como si le hubiera cachado una mentira.

-No sé si te diste cuenta, pero el golpe del imbécil ese lo anticipé con el sobre en el estómago. *Cierto...* Y sí, tienes razón, lo que puse en el sobre no sólo era dinero, pero eso, mi amigo, no te lo voy a revelar, aún. Y si por tu tonta cabeza está pasando la idea de que yo me auto mandé a la cárcel sólo para tratar de salir, es una reverenda estupidez. Quiero salir de este infierno tanto como tú y como todos, porque no merezco estar aquí -contesta ofendido, pero delatándose.

-¿De dónde sacas eso, Zackary? No me cabría esa idea en mi "tonta cabeza". ¿No será que te estás proyectando? Ayer me quedé sorprendido con todo, pero me resulta difícil creer que simplemente imaginaste todo esto al llegar -resoplo, sin quitar esa

SALVADOR A. VILLANUEVA BEK

mirada. Él no se mueve ni se le nota preocupación alguna. *Ahorita caes...*

Zack se para y pone una mano en mi hombro, manteniéndome una mirada firme y malévola, obligándome a bajarla primero.

—¿Qué fue lo primero que te dije cuando llegué aquí? Que te sacaría si hacías tres simples cosas: —pone su mano sobre la otra y enlista con los dedos— protegerme; muy bien. Ayudarme; ahí va. ¿Y confiar en mí? Te lo dije y accediste, mi buen amigo. ¿Qué cambió? —me pregunta en tono de regaño. *Wooow, bien bajado ese balón, tiene razón, pero...*

—Lo que cambió es que necesito saber cosas sobre tu fabuloso plan si quieres que siga recibiendo palizas gratis, días sin desayuno, salvadas y quemones con todos los reos y advertencias de muerte de cada pinche guardia —digo molesto, enlistando también con los dedos. *Ja, ¡Toma esa!*

—Necesitamos hacer ciertas cosas para salir de aquí. Y un dicho mío: "sacrificios pequeños para acciones grandes". He sufrido lo mismo que tú, sin embargo, sé que disfrutaré de la libertad dentro de poco si sigo apegado a mi plan —me responde astutamente el joven genio.

*Todo lo que me dice parece diálogo. No le puedo alegar tantito porque ya tiene respuesta para cada maldita pregunta que le hago. Estoy seguro que esta conversación ya había sido planeada. ¿Pero cómo...?*

—De acuerdo Zack, aceptaré eso por ahora, pero en verdad necesito saber más cosas en el futuro. Antes de tu llegada todo había estado tranquilo para todos, incluso mi excompañero de celda ladrón era normal y callado. Je, creo que estábamos resignados a esperar en esta cruel Ciudadela. Sólo te recuerdo las palabras de Valentine, no hay héroes aquí, poca esperanza para pocos es bueno, pero mucha esperanza para muchos reos puede ser demasiado, te podría fallar el plan. Ten en cuenta eso; un error aquí te cuesta la vida. *Steve...*

-Gracias por el consejo. ¿Y cómo se llama tu ex compañero? -pregunta desinteresadamente. *Otra vez su pinche cambio de interés.*

-Jack, se llamaba Jack -contesto en tono seco.

-¿Se llamaba? ¿Está muerto?

-No tengo la más remota idea. Un día vinieron por él antes del amanecer, le pusieron una bolsa negra en la cabeza y sin decir más se lo llevaron. No sé qué haya hecho, pero nadie me preguntó nada más sobre él.

-Estoy seguro de que está en un lugar mejor, lo liberaron y ahora disfruta de estar con su familia -dice ingenua y positivamente, mientras se acerca a la pequeña ventana rasgada y abarrotada que tenemos en la celda.

-¿De dónde sacas eso?

-Simplemente lo sé. Confía en mí.

*Otra vez...*

## 19

Bong. Bong. Bong.

Sonidos y gritos de queja salen de la puerta del comedor. Mientras todos se preparan para ir al patio de juegos a hacer sus deberes diarios, nosotros nos encontramos aquí, con hambre, esperando a que el nefasto plan de Zack funcione, y que de una mágica manera, la plática con Price no acabe con otro show de golpes.

-Al, creo que va a ser hora de irnos ya, en unos minutos llegarán los guardias a escoltarnos. ¿Hay algo más que quieras saber? -cuestiona el novato en tono gentil, interrumpiendo mis pensamientos de cansancio y total confusión. *Ja, como si me fuera a revelar algo que no termine en más interrogantes.*

-Estoy demasiado hambriento como para pensar en más preguntas inteligentes que te saquen algo. Mejor dime si hay algo que deba hacer en la maldita audiencia, antes de que me sorprendas con tus frases de "obedece y actúa" -le reclamo un poco enojado. *No es que esté tan hambriento, pero tal vez al ver que ya no me interesa me revele algo.*

-No te preocupes por eso, seguro que el capitán nos tiene un platillo preparado.

-¿De puños? -cuestiono con sarcasmo.

Antes de escuchar una respuesta, aparece Valentine junto con sus oficiales subordinados de siempre:

-¡Vaya, vaya! ¡Pero si son los dos reos de la celda S! ¡¿Qué es esto?! ¡¿No los acabo de golpear y amenazar?! ¡No puedo creer que en tan poco tiempo vayan a tener otra audiencia con el jefe! ¿Qué han hecho esta vez, eh? ¿Le dijeron a otro idiota que podía golpear a un guardia para jugar?

-No sé si recuerdes que no tuvimos desayuno, Valery. No pudimos hacer más jugarretas con los reos del lugar. Pero bueno, esta cita será diferente, me imagino -le dice Zack muy impertinente mientras se acerca a la reja y me levanto de la cama.

Al guardia se le pone roja la piel al ser expuesto de esa manera ante sus lacayos, pero impresionantemente no dice nada, sólo se acerca al chico y susurra:

-¡Mira, pequeño cretino, tienes coraje al hacer algo como esto, si no fuera porque Price me dijo que no los tocáramos, estarías más que muerto! ¡Pero puede que mi jefe me ayude, imbécil! ¡Ahora, pongan las manos en su espalda y péguense a los barrotes! -escupe, mientras saca las esposas de su espalda. *¡Qué bárbaro! Se pasó con lo que dijo. Es la segunda vez que molesta a este oficial. A ver si es tan brillante como para salirse de esta solo. Ya no me interpondré en sus peleas.*

Sin decir una palabra, los dos nos aproximamos hasta ellos y nos colocamos de espaldas. Mientras Víctor me pone las esposas, veo la cara del chiquillo malicioso esbozar una maquiavélica sonrisa, de nuevo.

Bong.

-¡Vámonos ya! ¡Les recuerdo que al capitán no le gusta esperar! ¡Espero que no causen más conflicto en el camino! -nos recuerda el oficial "Valery".

Sin más que discutir nos ponemos en marcha, escoltados por los tres guardias, por el bloque de celdas E.T.

Aunque me imagino qué es lo que veré al asomarme a la espalda de Zack, no puedo evitar ver cómo agita sus manos de esa manera tan extraña, sólo que ahora ya sé qué es lo que hace. *¿Esto será parte de su plan? ¿Sus dichosas piezas se están acomodando como él quiere? ¿Todo esto tendrá algún sentido?*

-Clave de acceso: jota, catorce... delta... Bong -dice el vociferador mientras mi mente divaga por la maldita Ciudadela.

Recorremos el primer bloque de celdas en completo silencio, sólo se escucha el sonido de las esposas chocar por la exhaustiva caminata.

Bong.

Entramos al diminuto pasillo rodeado de concreto con una pequeña puerta en medio: *Bloque X.* El silencio es interrumpido por Zack:

-¿Víctor, te puedo hacer una pregunta? ¿Qué hay detrás de esa puerta? Me imagino que está cerrada pero, ¿qué oculta esta misteriosa entrada? -dice, mientras examina el magnífico y gigantesco muro de concreto que está a mi izquierda y que no tiene más que una pequeña puerta blanca.

-¡Eso no te incumbe!

-Creo que hay una pequeña sala vacía con algo más... interesante, sólo que no sé para qué se utiliza. ¿Tú sabes? -le pregunta examinando el muro e intuyendo algo que es obvio.

El alto oficial se detiene, voltea, se pone frente a Zack y lo levanta de la playera:

-¿Acaso estás sordo? ¡No importa lo que haya o no haya adentro! ¡Si vuelves a mencionar algo de esta habitación, te coseré los labios con hilo grueso! ¿Entendiste, idiota?

En lugar de contestar, le sonríe al guardia despreocupadamente, afirmando que se callará respecto a la misteriosa habitación. Lo baja y seguimos caminando en silencio, con la luz del día a su máxima intensidad.

Bong.

Cruzamos el bloque de celdas Z de nuevo. Se siente un silencio macabro y tenebroso al estar completamente vacía.

-¿John, dónde está la celda de Samael? Ya sabes, el moreno alto que controla este lugar -vuelve a indagar Zack. *Se va a ganar una buena paliza si no se calla. ¡Un momento! ¡¿Cómo supo que mi jefe pertenece a este bloque de celdas?! ¿Lo mencioné en algún momento? ¿O si no cómo…?*

-Te voy a dejar dos cosas bien en claro, y sólo lo diré una vez infeliz mequetrefe: Uno. Samael es un reo asqueroso asesino como tú y todos los demás, no tiene nada de poder aquí. Dos. Si vuelves a hacer una pregunta, ¡me aseguraré que para mañana estés en una bolsa de basura! -le grita Valentine, agobiado y perturbado por las fastidiosas preguntas del chico nuevo.

Por segunda vez esboza una sonrisa despreocupada y de disculpa, y seguimos caminando hasta la siguiente puerta. *Esta vez va en serio, más le vale no volver a hablar.*

Bong.

SALVADOR A. VILLANUEVA BEK

Al entrar al área de los administrativos, en lugar de ver el pasillo vacío y el papeleo del lugar, nos topamos con el muy sonriente Capitán Price, parado, esperándonos. Cuando nos ve, se pone más alegre aún. *Presiento que está feliz porque por fin se deshará de nosotros.*

-Valentine, buen trabajo. Déjame a nuestros buenos amigos dos, siete, siete… No, perdón, a nuestros buenos amigos Zackary y Albert aquí por favor, les voy a dar un recorrido turístico por nuestras instalaciones. Por cierto, ¿tienen hambre?

*Increíble. Lo hizo de nuevo. Je, je. Hijo de…*

## 20

—¡**D**enme las llaves de las esposas y lárguense de aquí!
-le grita el verdadero diablo a sus lacayos.

Sin decir una palabra, Valentine le da las llaves a su jefe y se
retira con Víctor y John por otra puerta que nunca he atravesado.

Mientras el capitán nos retira nuestras cadenas observamos
a los administrativos: no dejan de estar pegados a sus
computadoras, tecleando con mucha rapidez palabras, llenando
reportes e imprimiendo más papeleo. *Pero si esto es sólo una cárcel,
¿qué tanto pueden escribir y reportar sobre reos condenados al exilio?*

-Veo que resisten muy bien los golpes, ¿eh?, normalmente
dejo sin caminar a la mayoría de los infelices que son auditados, o
acaban peor. Pero bueno, la próxima vez me aseguraré de que no
salgan, ja, ja, ja -¿nos bromea el Capitán Price?- ¿Qué les parece si
les enseño el lugar? Les interesará lo que verán.

-Claro que sí, señor. Sólo tengo una pregunta. ¿Nos enseñará
lo que hay en el cuarto sin celdas? Esa pequeña habitación a la
mitad de la sala -pregunta Zack, volviendo al enigma de hace rato.

La cara del capitán cambia de manera radical al escuchar esa
pregunta. *¿Por qué todos se ponen nerviosos al escuchar sobre ese
lugar? ¿Qué será?*

-¡No sé de qué me hablas! Seguro es un viejo armario de escobas. Les iba a mostrar una pequeña torre, pasando mi oficina. Vamos -le contesta bipolarmente Price. *Seguro miente...*

-Está bien, vamos -dice el chico nuevo desinteresadamente y se pone en marcha hasta el final del pasillo donde se encuentra su oficina.

*De nuevo con sus cambios radicales de interés sobre la información; no entiendo por qué indaga en un tema y después pierde el interés. Además de que lleva molestando un rato con el tema del Bloque X, ni que fuera tan especial un simple armario de escobas. ¿O...? ¿Sabrá lo que hay adentro? No, imposible...*

Nos volvemos a encaminar hasta su bella, y a la vez horrenda, oficina. Al llegar al final del pasillo, Zack trata de abrir la puerta con la pequeña inscripción de oro que dice el nombre del propietario.

-¡Permíteme, chismoso! ¡Siempre tiene llave! -le replica Price.

Zack se retira y espera pacientemente a que la abran, sin quitar la mirada de las llaves del capitán. *Creo que comienzo a entender por qué hace las cosas: trató de abrir la puerta para quedarse cerca, ver sus llaves y memorizar cuál es. ¡Ja, ahora quién es predecible, eh! Lo único que sigue siendo un misterio no es el porqué, sino el para qué...*

-¡Pasen rápido! -nos grita el verdadero diablo, tratando de intimidarnos y a la vez queriendo ser amigable con nosotros. *¿Por ese sobre...?*

Observamos la limpia y artística oficina en la cual nos habían golpeado apenas hace doce horas. En lugar de indicarnos que nos sentemos en las invisibles sillas que estaban la noche anterior, nos pide dirigirnos hacia su cuarto secreto.

-¿Y sus sillas, señor? -pregunto intrigado.

-Están en la torre, Al, junto con tu desayuno -me maravilla Price con la enhorabuena de comida en lugar de una paliza. *¿Sólo el mío?*

Zack se adelanta al capitán para abrirle la puerta. Sorprendentemente, el acceso a su cuarto secreto está abierto.

-¿Por qué cierra la puerta de la entrada pero no ésta? -vuelvo a interrogar con el mismo tono de incertidumbre.

-¿Y como por qué tendría que? Nadie tiene acceso a esta oficina más que yo -me contesta autoritariamente, mientras caminamos por un corto pasillo con puertas a los lados.

Al pasar por la última antes de las escaleras de caracol, escuchamos gritos humanos reprimidos que provienen del interior de una habitación.

-¡Ni te acerques a esa puerta! -le grita Price, apuntándolo con su grueso dedo índice.

Sin decir más, empezamos a subir las largas escaleras metálicas, mientras los gritos se apagaban lentamente conforme nos elevábamos del terreno. Al llegar al final de la escalera, salimos a la deslumbrante sala de la torre: con una ventana al horizonte y lo demás de concreto. Donde vemos un guardia, puertas y una mesa con su silla.

-¡Ah! He aquí las torres -dice el agitado capitán.

-¿Torres, señor? -pregunto observando a mi alrededor.

-Ja, a veces me olvido de que estoy tratando con un par de reos estúpidos e ignorantes. *Gracias...* Para que se den una idea:

esta torre del área administrativa está pegada al muro norte céntrico de la Ciudadela, básicamente a la salida de aquí. Hay otras diecinueve torres vigías con seguridad en toda la prisión, todas interconectadas por puentes colgantes, es por eso que somos de las mejores cárceles en el país, además de tener otro tipo de medidas de seguridad más complejas. Si llega a suceder algo en un cuadrante, los oficiales de otras torres acuden al rescate; por eso no hay escapes -nos esboza una sonrisa macabra el verdadero diablo, sugiriendo que no hay salida por ninguna parte.

-En fin... Albert, te quedarás en esta torre custodiado por Smith mientras hablo en otra parte con tu compañero.

-¿Y qué haré en mi espera? -pregunto un poco molesto por no ser invitado a su pequeña fiesta privada.

-Disfruta del paisaje, del aire fresco, y de tu desayuno -me dice el novato sabelotodo, asombrándonos de nuevo al capitán y a mí.

-Oye, idiota, ¿cómo sabes que aquí está su desayuno? -pregunta sorprendido Price.

-Porque se ve sólo un lugar en la mesa. Si no, habría dos sillas. *Claro... Tontos.*

## 21

Apenas se retiran de la pequeña habitación en la torre, el guardia Smith se pone delante de la puerta, gritándome:

-¡Tienes diez minutos para comerte toda tu comida! ¡Y si dices algo sobre haber estado aquí o lo que sea, te mato, imbécil! *Ja, eso de que los oficiales son rudos y asesinos ya no me la empiezo a creer. Ahorita hago que me dé un poco de información.*

Sin decirle nada tomo asiento en la silla y levanto la tapa para observar las delicias que me esperan. Me decepciono al ver que en lugar de salmón, rib eye o alguna exquisita delicia, hay una simple hamburguesa mal cocinada. *Claro que es el mejor plato que me han servido desde que estoy aquí. Esto sigue siendo la cárcel, la Ciudadela.*

De una sola mordida atasco la mitad del mayor invento grasiento americano y cuando termino de masticar, me volteo hacia el oficial:

-Disculpe, guardia Smith, ¿a dónde se han llevado a mi compañero de celda? ¿Lo lastimarán? -pregunto en un pequeño toque burlón.

-El capitán se lo ha llevado a la habitación contigua para hablar en privado con él -me contesta sin mirarme y manteniendo una actitud ruda.

-¿Y por qué? Si su oficina está justo abajo y ahí fuimos auditados ayer -interrogo descaradamente. *Creo saber la respuesta que me dará, pero debo oírla. Ja, entonces es así como lo hace Zack. Parece que me estoy volviendo como él.*

-El capitán siempre trae personas a su oficina que retienen información confidencial y atenta contra la seguridad de la Ciudadela. Los golpea hasta que obtiene lo que quiere y es grabado. Aquí arriba no hay cámaras. ¡Y esa, imbécil, es la última pregunta que te contestaré! -me revela el ingenioso bocón policía.

*¡Tengo que contarle esto al chico! ¡Tal vez por aquí se pueda salir! ¡Sólo necesitamos la llave…! Un momento, ¿por eso lo hizo, sabrá sobre esto…?*

-¿Podría hacerle una confesión oficial? Me agrada poder hablar con un guardia que sea honesto y justo con su labor, la mayoría son unos flojos, hasta nos pasan cosas de contrabando. Pero usted no, lo felicito oficial Smith, de verdad -le digo al supuesto brillante guardia.

Por primera vez en toda la plática de la torre, Smith voltea a verme y de inmediato sonríe, como si yo hubiera cometido un grave error.

-¿Y se puede saber de qué guardias hablas exactamente?

-Pues no sé… no me acuerdo mucho de quiénes son. ¿O eran reos? -hago ademanes exagerados y espero un segundo a que se acerque para hacerle la pregunta. *¡Demonios! ¿Qué le pregunto ahora que he captado su interés? ¿Sobre el bloque X o los gritos? Creo que la primera es demasiado fuerte… Pero los gritos que desgarraban la habitación… ¿Por qué tanto misterio? Venga, Albert, concéntrate y haz la pregunta adecuada.*

-¡Tienes tres segundos para hablar! -me apresura, poniendo su dedo en el gatillo.

-Ah, ya, claro. Lo recuerdo, pero antes quisiera poder preguntarle algo a cambio, además de su anonimato con los guardias y reos -le digo, levantándome y poniéndome detrás de la silla, como si fuera niño chiquito: risueño, hiperactivo y un poco sarcástico e hipócrita.

-Si tu información es valiosa, tendrás el silencio de mi parte. Si dices una mentira o inventas algo, me encargo de que tus compañeros te vuelvan su perra, ¿entendido? Y pregunta algo que sea coherente y simple -me contesta en el mismo tono que utilicé.

-¿Quién es la persona que está en la habitación secreta de Price? ¿Por qué está amarrado? -suelto por fin.

Smith se me queda viendo, como analizando si yo encontraría útil la respuesta o fuera algo que no me pudiera revelar. Tras unos segundos de contener el aliento por la tensión del momento, me responde:

-Es un preso del cuadrante jota, apodado "La misionera". *Ni idea...* Price lo tiene bajo custodia por traficar marihuana aquí. Lo tortura para saber cómo o quién le pasa la droga. Nunca lo he visto ni he sido testigo de su horrendo sufragio, pero desde acá arriba uno oye muchas cosas.

-¿Lo matará cuando termine? -pregunto intrigado por el pobre y desconocido compatriota reo.

-¡Eso no es de tu incumbencia! ¡Ahora dame una respuesta! -grita, cambiando radicalmente el ambiente relajado a uno más hostil.

SALVADOR A. VILLANUEVA BEK

*Maldición. ¿Qué le digo? No lo puedo engañar ni hacerme guaje. Le tengo que decir el nombre de uno de los tres guardias que nos ayuda aquí. Mmmm... Barret... Gail... Hall... los tres nos pasan cosas de contrabando. ¿Qué hago?*

Antes de dictarle sentencia de muerte a un oficial, agarro la otra mitad de mi desabrida hamburguesa y me la meto toda a la boca. Cuando se da cuenta que retraso la respuesta, se descuelga su rifle de la espalda y lo empuña de manera amenazante. Cuando termino de tragar, le confieso:

—Gail, creo que ese es su nombre. Lo vi dándole unas cosas a Steve, que en paz descanse, de contrabando. No vayan a hacerle mucho daño, y menos le digan que yo lo delaté. Lo único que quiero es que haya paz y terminar mi sentencia tranquilamente.

Su apariencia cambia radicalmente de nuevo y enfunda su rifle. Le tiendo la mano al oficial Smith para sellar el pacto de silencio y, cuando el guardia me devuelve el apretón de manos, entra el Capitán Price con las manos ensangrentadas y con Zack en sus brazos. Cuando nos ve, replica gritando fuertemente:

—¡No toques a ese reo asesino, idiota! ¡Basta de mariconerías! ¡Ayúdame a llevar a este pobre diablo a la enfermería!

*¡¡¿¿¿Qué le ha pasado...??!!*

# 22

*¡No puede ser! ¡Zack me dijo que la audiencia iba a ser pacífica y alentadora! ¿Qué rayos le pasó? Ahora sí parece que falló su plan.*

El Capitán Price, al ver que los dos nos quedamos petrificados, suelta al chico de un golpe al piso y se encamina hacia nosotros como un toro feroz.

-¿¡Qué mierdas es esto?!

Cuando llega hasta mí, toma impulso y me golpea con su puño derecho lo más fuerte posible en la mejilla, haciendo que me desplome del dolor al suelo. *¡Awww! ¡Pero qué coños! ¡Awww! ¡Duele demasiado...! ¡Awww! ¿Por qué está mojado el piso?*

*Ah, claro, es sangre, mucha sangre derramándose de mi mejilla y cabeza.*

-¡No sé por qué tocaste al reo pero luego lo discutiremos! ¡Ahora ponle unas esposas, una capucha en la cabeza y sácalo de mi vista! -escupe Price furioso e insoportable.

Smith no dice ni sí señor cuando me coloca desesperadamente las esposas y me nubla la vista, manchada de rojo. *¿Qué está pasando? Dios, ¿qué es lo que salió mal? No puedo ni moverme del dolor...*

Siento cómo me levantan de uno de los brazos encadenados. Después de unos segundos y de inmenso dolor físico, me pongo de pie. *A duras penas...*

-¡Llévate al niño a la enfermería, yo me encargo de éste! *¿Encargo...? Okay, entiendo, todo ha terminado.*

El verdadero diablo me conduce hasta la puerta que lleva a la escalinata de caracol, bajamos rápidamente y con el ruido de mis desgastados zapatos y las botas militares de Price, se hace un estruendo magnífico que inunda su pasillo de puertas.

Cuando el ruido metálico finaliza, escucho los sollozos de "La misionera", que debe llevar mucho tiempo encerrado en ese lugar, confinado al dolor y a una muerte próxima.

*¿Me habrá servido de algo averiguar el nombre del reo ese? ¿Hubiera preguntado por la habitación secreta o algo más útil? No importa, ya nada de eso importa...*

Escucho, al abrirse la puerta, los pequeños "taps" y revoloteos que los administrativos producen en su habitual trabajo. Como es de esperarse, hacen un pequeño suspiro de angustia al ver mi estado, pero Price no se detiene a explicarles nada.

No escucho ninguna autorización ni clave para salir de las oficinas. *Debe de dirigirse a otro lugar, uno donde no se manche la pared.* Pero distingo claramente un deslice de tarjeta que abre la puerta. *Claro, este monstruo no necesita autorización de nadie. Me pregunto si Zack sabía eso...*

Caminamos y caminamos, sin escuchar más que mis gemidos de dolor y cansancio junto con la respiración del dueño de la cárcel, hasta que distingo la alarma que indica el inicio de nuestras actividades; de pronto, el olor conocido del bloque T.

Me armo de valor y pregunto:

-¿A dónde... me lleva Capitán Price?

-Ja, créeme que no a tu celda, infeliz. Vamos a donde todos los días te diriges, y te advierto, no debes comentar nada de lo que pasó allá arriba, o tú y tu estúpido amigo se mueren. ¡¿Entendiste?!

-Claro -y dejo que me lleve a lo que seguramente será mi final.

*¿Qué voy a hacer cuando todos me vean así? Me preguntarán cosas que por supuesto no les puedo contar. Además de que me pondrán a trabajar, con mi cansancio y mi medio almuerzo no creo poder...*

Llegamos a un lugar lleno de voces familiares, distingo las exclamaciones de duda acerca del misterioso encapuchado, *la fila de acceso...* y la voz del guardia Hall:

-Señor, ¿qué desea hacer con él?

-No lo registres; sácalo al patio escoltado, quítale las esposas, la capucha, y asegúrate de que termine en el suelo adolorido -cuando se comienza a ir, agrega:- ¡Ah, y que cumpla con su cuota diaria!

Habiendo dicho eso se marcha y sólo me queda esperar que el policía decida no ser tan malo conmigo. *Al menos no me ejecutarán. ¡Cuota diaria! Que maldito resultó ser el capitán, el amigo-enemigo bipolar.*

Vislumbro a Hall, con su blanca personalidad, guiñarme el ojo muy discretamente cuando me quita la capucha y enseguida me saca de un empujón al patio de juegos. Al llegar a la mitad me susurra un pequeño "ps" y de inmediato actúo como si me cayera al piso, seguida de una fingida patada en el estómago y una real quitada de esposas.

-¡Estúpido! Más te vale que no vuelva a suceder -me grita, y escupe, el amigable y actor guardia. *Nunca pensé que recurriría a ese pequeño truco que tenemos...*

Después de unos segundos de reposar en el piso, fingiendo el golpe de Hall, trato de incorporarme pero me tumba el cansancio de la golpiza pasada. York me levanta del piso para llevarme arrastrando del brazo hasta la sombra habitual en la que el séquito se reúne.

Me siento en el suelo y una vez allí, la única voz que se escucha es la del firme jefe del lugar:

-Buenos días Al, ¿deseas un cigarrillo?

## 23

-¡¿Qué te sucedió?! -grita Phil.

-¿Te encuentras bien? -pregunta York.

-¿Qué has hecho? -interroga Ladbroke.

-Tranquilos, dejen que Albert respire, ahora nos contará por qué ha faltado al desayuno y tuvo que usar la táctica NG -exclama tranquilamente Samael, levantando un cigarro con su mano derecha para ofrecérmelo.

Lo tomo mientras alguien me da fuego con un cerillo y espero a que las miradas inquietantes de todos se dispersen un momento.

-¿Y bien? ¿Dónde has estado?

-Nos dejaron sin desayuno porque Kurt se enojó con nosotros, después Valentine nos pegó y nos encerraron -contesto. *No les estoy mintiendo, pero sí puedo omitir el hecho de que estuvimos con Price.*

-¿Y por qué te escoltó el capitán bajo una capucha? -pregunta Yong, quien acaba de llegar.

*¡Ups! Seguramente me vio cuando estaba en la fila. ¿Ahora qué digo? Probablemente indagarán acerca de Zack, la audiencia de ayer y mi sangrado. Si hubiera una manera de ligar todo...*

-Pasa que recibimos la grata visita de Price después del encierro, molestándonos más con las interrogaciones sobre ayer.

Otro policía se llevó al chico, a mí me ha traído para acá después de haberme tendido unos buenos golpes en la cara. *¡¡Sí!!*

-Ja, pobre gringo -mofa Pablo.

-Espérate, esto es importante. ¿Al, qué les ha interrogado ese güey? No me digas que se delataron y perdiste mi boleto de salida -cuestiona preocupado Samael.

-¡No, qué va! Nos preguntó sobre Steve y lo que pasó ayer, nos golpeó un poco y nos mandó de regreso. A menos de que "usted" le haya dicho a él en su audiencia…

-¡Claro que no! Por más que odie al mal nacido mocoso idiota *échate la lista…* ese, no vendería al carnicero la carne que me comeré cuando salga de aquí.

*Si es que salimos, ya no sé ni qué pasará ahora…*

-Zeke, tráele uno de los panes que tenemos en la reserva con Gail. Necesitas energías para realizar tu cuota diaria de piedra, y no creo que puedas estar en pie ni dos minutos. *Me he librado de ellos bastante rápido, no creo que me pregunten más… ¡Oh, no! Gail…*

-Señor, muchas gracias pero, no necesito nada de eso, resistiré bien las horas de trabajo como siempre -respondo.

-¡No digas estupideces, Albert! Vas a comer y punto. Son cinco horas de trabajo que te van a pesar mucho más que las dos de ayer. Ve Zeke, y trae dos -replica gentilmente mi jefe.

*Casi no se nota que soy de sus favoritos… Pero, ¿y si ya han acusado a Gail? ¿Qué pasará si no lo encuentra? Ya no puedo alegar más, dejaré que todo fluya y después me inventaré una excusa, sólo espero que Smith guarde su acuerdo de confidencialidad, o me irá muy pero muy mal.*

-¡Váyanse todos, necesitan cubrir su cuota en dos horas y media y volver para comenzar la recaudación! -por su mirada, intuyo que se dirige a todos menos a mí.

Una vez que se han ido todos los secuaces de Samael, prende su cigarrillo y me pregunta:

-¿Cómo te fue con Fannie ayer? ¿Te ha traído buenas nuevas?

-No, en verdad que a esa perra le gusta verme sufrir. Dijo que las cosas se están calmando pero puede que pase un tiempo antes de que me permitan ver a mi hija. No he sabido nada de ella, ni dónde está, o cómo se encuentra después de todo lo que pasó -le contesto, ya en un ambiente mucho más confianzudo que con mis compinches.

Antes de escuchar su réplica, llega Zeke con dos panes medio viejos, los recibo con nervio y sin preguntar se va. Le ofrezco uno a Samael pero me indica que son para mí.

*Respira, respira, parece que todo sigue normal. Si algo llega a pasar actuaré como si nada. Espero que pase un tiempo antes de la desaparición de Gail.*

-Es una lástima, pero no creo que pases el resto de tu sentencia sin verla ¿no?, sería demasiado. Ah, claro, nos vamos a escapar… Entonces, ¿qué va a pasar con tu niñita, Al? Si eres un prófugo no podrás verla -me lanza, con una pizca de maldad y lo demás de serenidad.

*¿¿¿??? No había visto venir tan abrupto ataque. Aunque tiene razón, no había pensado en la posibilidad de que si las locuras del chico se cumplen, es probable que no vuelva a ver a mi pequeña jamás.*

SALVADOR A. VILLANUEVA BEK

-No sé qué decir Samael, eso no lo había pensado, pero puede que todo se haya acabado. Se han llevado al chico y eso no lo veía venir. -afirmo.

-Entonces el imbécil ese ya no nos sirve. Albert, tendremos que hacer algo -amenaza mi jefe con su mirada malévola de venganza.

*Debo mantener el equilibrio y la fe en que saldremos para que no destripen a Zack, pero de todas formas tengo que pensar mucho en lo que dijo.*

-Tranquilo, el chico es muy brillante y, si se libra de esto, continuaremos con su plan. Ya después te vengarás, antes podríamos echar todo a perder -le digo en tono muy relajado mientras aplasto la colilla de mi consumido cigarro.

-¡Reveló mi nombre, Al! ¡Eso fue infame, catastrófico, imagínate lo que pasaría si los demás se enteran, me verán débil y podría fallar! -grita, levantándose de su lugar y arrojando también su tabaco.

Me doy cuenta de lo fatigado que estoy cuando intento pararme para calmarlo un poco. Lentamente me incorporo y le exclamo:

-¡Eso nada más lo escuchamos York y yo! ¡Nadie más se va a enterar!

-¡No me la juego! Ayer, en mi plática semanal con Price, reforcé mi seguridad un poco y simpatía ante él para compensar lo de mi vergonzoso secreto -revela en un tono bajo pero soberbio.

*Mmmm... ¿Qué? ¿Le dijo algo al capitán?, espero que no haya sido nada malo. Ja, ahora obtengo información como Zack: jamás*

*el tarado este había dicho algo sobre lo que platica con el verdadero*
*diablo cada semana.*

*Zack...*

-¿Qué le dijiste, Samael? -pregunto con extrema preocupación.

-Le dije que habrá una fuga masiva, pronto...

# 24

*Por unos segundos no capto lo ocurrido. ¿Por qué tendría que haber dicho algo como eso? No lo entiendo, se supone que él también va a escapar; no me suena lógico que se delatara con el mayor e incorruptible oficial de la cárcel.*

*Claro, siempre hemos sabido que Price controla muy bien el lugar y que habla con Samael porque necesita un pastor que controle a las ovejas; supongo que le revela cosas, como Kurt, pero de los propios reos. Aunque jamás me hubiera imaginado que en verdad haya anticipado todo plan de escape con el jefe máximo de seguridad. Simplemente no cuadra. Supongo que las locuras del chico, en sí, fueron eso, locuras...*

-¿Por qué harías algo así? ¿Delataste a Zack? -pregunto con fastidio.

-Tranquilo, todo tiene una razón de ser. Alterándolo solamente provoco que sospeche de los demás, no de mí. Obviamente no le dije nada sobre el nuevo, sólo que hay rumores de una fuga -responde de manera inverosímil.

*¿¿¿??? ¡Eso no tiene sentido en lo absoluto! Si quedaba un plan en Zack, creo que se disolvió por completo.*

-¡Oigan, ustedes! ¡¿Qué no piensan trabajar o qué?! ¡Les queda poco tiempo para terminar su cuota, imbéciles! -nos grita un guardia desde la torre central.

-Sí, señor -contestamos al unísono y nos dirigimos a trabajar.

*Aunque el pan llene, no creo encontrarme con todas las fuerzas para trabajar por dos horas... Hasta cargar la pica, pesa.*

Durante el siguiente lapso de tiempo, mi cabeza no deja de dar vueltas sobre todo lo transcurrido en menos de setenta y dos horas. Trato de encontrar una solución ante el maquiavélico rompecabezas de Zack.

*Mi vida era tan pacífica, no entiendo cómo la llegada de un niño a la cárcel pudo dar un vuelco tan radical: golpes, insultos a guardias, audiencias con Price, conocer secciones de la Ciudadela, torres, planes, tratos, sobres, visitas, Steve... Después de ver todo por lo que estamos pasando, creo, por primera vez, que las locuras del chico pueden tener sentido después de todo, si es que Samael no arruinó su plan y podemos seguir con vida; bueno, al menos yo...*

-Venga, Albert, vámonos de regreso, ya todos están reunidos -me dice casi nada cansado mi jefe.

Llegamos a la zona con casi diez reos. Es momento de iniciar la recaudación: como si fuéramos hacienda, vamos con los demás presos a solicitar nuestra cuota diaria.

-¡Andando, idiotas! -exclama mi jefe- Quiero ver cosas útiles el día de hoy. Oblíguenlos a que les den objetos, no de valor personal, sino de herramientas, todo lo que nos pueda ayudar a salir de aquí -les reitera en un todo rudo pero silencioso.

Mientras todos se marchan a su labor desconcertados, pensando en qué quiere su señor. Volteo a verlo extrañado, articulando preguntas concretas para sacarle toda la información posible.

-York, Al, vamos a la zona de basura, hay que platicar mientras las apilamos.

-Señor, ¿qué fue todo eso de cosas para escaparse? Pensé que la mayoría no sabía sobre el plan -pregunta desconcertado el ladrón.

-¡Cuando tengamos esas porquerías en las manos les explicaré, malditos preguntones!

Una vez que llegamos a las gigantescas máquinas que trituran el desecho para hacer costales de granito, nuestro misterioso jefe dice:

-Deben creer que van a salir de aquí, tenemos que llevarlos al borde del motín para que nosotros podamos huir.

-Con su debido respeto, ¿espera que el chico lo saque de aquí para matarlo y quiere usar de escudo a los demás para que nosotros tres nos marchemos? ¿Cómo funciona su plan, señor? -cuestiona indebidamente York. *¿Está insinuando que también nos va a dejar a nosotros, que nos va a vender para salir él solo? Puede que tenga razón... Ja, nunca hubiera pensado que este güey tuviera cerebro alguno.*

La mirada de Samael cambia de misterio a furia, no le gustó la pregunta.

-¡Mira, cretino! ¡No creas que no entiendo tus pinches indirectas! ¡Ni tampoco que por decir "con su debido respeto" se aceptan tus estúpidas e insolentes preguntas! Desde hace mucho tú y Albert están conmigo y no los dejaré atrás, ¡pero si sigues cuestionándome me aseguraré de que estés hasta el frente de la línea de fuego cuando la batalla comience! -explota, amenazando de muerte a uno de sus preferidos. *Será mejor que no haga comentarios estúpidos... ¿Batalla?*

Después de esa abrupta respuesta, nos quedamos en silencio mientras el sol comienza su descenso. El cansancio de mi espalda y el dolor de cabeza me obligan a que deje de trabajar durante unos cortos descansos.

Cuando el tiempo de las actividades casi acaba, comienzan los roles para las duchas, vociferando qué bloque de celdas pasará primero, para que después de cinco minutos se llame al siguiente.

-¡Atención, reos, atención! ¡Esta semana empezaremos con el bloque N, celdas A, B, C!

*No, pues sí, de aquí a que terminen de pasar las veintiséis celdas de cada bloque, pasaré hasta mañana...*

-Bueno, -dice con un tono seco Samael- vamos a ver qué han recolectado esta bola de holgazanes. ¡Disculpe, señor! ¿Hemos terminado con nuestra cuota? -dirigiéndose al oficial de registro.

-Correcto E.Z. cuatro, cinco, uno, uno, quince, A -dice el guardia checando su tabla de trabajo. *Qué tontos nombres clave nos asignan, hasta hartan de tantas tonterías* -¡Ahora puedes ir a quitarte ese putrefacto olor a muerto y a ratas de encima, a menos que esa ya sea tu esencia! -le grita, retirándose autoritariamente.

Samael sabe comportarse con los guardias con los que debe de; al final hace una sonrisa fingida y nos vamos a nuestro lugar de reunión.

-¡Q! -dice la bocina.

-¡¿Qué han conseguido de utilidad?! ¡Y apresúrense porque ya casi llegan a mi bloque! -exclama con urgencia el jefe.

Entre los botines recolectados hay paquetes de cigarrillos, unos cuantos billetes, goma de mascar, un pedazo de vidrio roto y algunas rocas.

-¿Pero qué tienen en la cabeza? ¡¿Creen que esto es útil?! -grita York.

-¡Es lo mejor que se puede conseguir en un jodido lugar como éste! -replica escupiendo Phil.

-¡S!

-¡Espero que mañana hagan cosas más eficientes! Vayan a pagarle a Hall y a esconder todo. ¡Corran, idiotas! -exclama el diablo, preocupado porque su turno casi llega y el mío ya es llamado por esa máquina.

-¡Hasta mañana! -grito, mientras corro con lo que me queda de fuerzas a la entrada de la Ciudadela.

-¡T! ¡Celdas L a T! *Por fin algo relajante....*

Camino lentamente en la fila hasta llegar a la inspección que los guardias nos hacen. Después nos dirigimos a las duchas. Sólo caben como veinte reos y, siendo de los preferidos de Samael, nadie me toca allá adentro.

En las cortas duchas pasa lo habitual: agua fría para tensar los músculos calientes del trabajo. *¡Ah! ¡Después de varios días de sudar y de golpes esto es lo mejor de la semana!* Cuando regresamos escoltados a nuestras celdas, me encuentro con algo que no creí ver cuando abren la reja de mi fría morada:

Con una venda mal puesta en el brazo izquierdo, Zack está parado mirando la habitual pared gris, observándola, como siempre.

*¡Zack...! No lo puedo creer.*

## 25

—¡**Z**ack! ¡Pensé que estabas muerto! -exclamo corriendo para abrazarlo.

Al darme cuenta de lo extrañado que está el chico con mi espontánea y cariñosa reacción, me detengo para darle una palmada en el hombro bueno.

—¡Maldito niño impertinente! ¿Qué has dicho para que Price te hiciera daño? -pregunto con un toque de enojo. *No, debo mantenerme firme. Que no note debilidad alguna.*

—Guten Tag, Al. Qué bueno es ser recibido con tanta emoción, a mí también me da gusto verte. ¿Qué te ha pasado en la cara?, la tienes hinchada como un sapo -dice tranquilamente sin retirar la vista de la "importantísima" pared gris.

—El Capitán me pegó cuando entró a la habitación contigo en brazos. ¿Por qué te llevaba cargando? ¿Qué pasó allá afuera? -pregunto intrigado.

—Ahora no mi buen amigo, me encuentro cansado y quisiera que me contaras tu historia primero -responde cínicamente.

—¡No, ni lo sueñes! ¡Llevas parado quién sabe cuánto viendo esta pared y estuviste en la enfermería mientras yo fui apaleado y arrastrado al patio de juegos a trabajar durante cinco largas horas! Añádele que no tuve más que un burdo y simple desayuno

-exploto, sacando muchas emociones reprimidas, esperando que sus respuestas consuelen mi fatiga.

*Sé que le tengo que contar lo de Smith y Samael, pero necesito saber por qué pasó todo aquello que no estaba planeado, por qué razón pasé un día tan pesado y cansado. ¿Mmmm... me pregunto si...?*

-Albert, sé por todo lo que has pasado y lo lamento mucho. Creo que la frase "necesitamos hacer ciertas cosas para salir de aquí" ya no te alienta mucho a seguir con este tormento. Pero créeme cuando te garantizo que cuando acabe la semana estaremos fuera, seremos libres -expone con serenidad, viéndome directamente a los ojos.

-¡No, sinceramente dudo mucho que sepas por lo que he pasado en estas horas! Averigüé muchas cosas que desconoces y descubrí fallas en tu plan, Zack.

-¡Todo eso estaba planeado! ¡Todo! ¡Yo sabía que iba a ser golpeado! ¡Sabía que obtendrías información! ¡Y también sé que Samael tiene un plan! -me maravilla el chico diciéndome cosas que jamás pensé que supiera. *¿Por qué, si él no estuvo ahí? Esto es demasiado, ¡es imposible!*

Zack, enojado, se sube de un salto a su litera y mueve rápidamente su mano derecha con sus movimientos de cubo, mientras que la otra reposa en su estómago. Me quedo quieto, petrificado, anonadado, razonando cómo es que podría saber esas cosas. Después de unos minutos de silencio y quietud, el planeador chico se asoma de su litera y me dice:

-Perdona mi actitud, no debo exaltarme, me dieron muchas inyecciones para el dolor y estoy un poco harto.

-Imagina cómo me siento yo: quebrantado, adolorido, cansado, confundido, y lo que es peor, con incertidumbre y a la deriva -le replico, también en tono nefasto. *¡Ya, me rindo!*

Zack no asimila mis palabras, ahora él es el paralizado, que analiza su siguiente jugada con cautela.

-De acuerdo, Al, tienes toda la razón. No es justo que estés en ascuas siendo mi pieza más valiosa, tengo que contarte más sobre mi plan, pero necesito la información que recolectaste.

*¡¿Qué?! ¡Vaya! ¿Lo he logrado? ¿Me dirá todo lo que sabe? Debo preguntarle solamente lo indispensable, que conteste todas mis dudas para estar más tranquilo y decidir si quiero seguir con esto, si vale la pena perder a mi hija o existe otra manera de solucionarlo…*

Me subo a su litera lentamente, sentándome en el extremo pegado a la reja. Pongo una sonrisa fingida y misteriosa:

-¿Qué es lo que quieres saber? -pregunto.

-¿Qué has hablado con el guardia de la torre? ¿Qué le sonsacaste?

*La verdadera pregunta es: ¿cómo sabe que hice algo? ¿Cómo sabe que conseguí información? No creo ser tan predecible. Guardaré esta pregunta hasta el final.*

-Obtuve la identidad del reo que estaba encadenado en el ala secreta de Price. Se llama "la misionera" y trafica droga. Lo que no sé es si hice la pregunta correcta. ¿Podría haber preguntado algo como lo del bloque X?

-Le ofreciste a uno de los guardias, ¿correcto? *¿Cómo supo…?* Creo que sí fue lo indicado a preguntar, un tema tan pesado como ese te hubiera costado aislamiento o muerte. *Ahora este güey me habla de la cárcel a la que acaba de llegar…*

-Concéntrate, Al, deja de preguntarte cómo es que sé las cosas y acéptalas como son. Soy una persona muy intuitiva y las reacciones de todos indican que no se debe hablar de ese lugar, además de que no tenemos con qué más negociar. *Cierto...* Entonces, ¿qué guardia fue? ¿Price te pegó cuando entró a la habitación?

-Gail. Y sí, te traía noqueado y en brazos. Cuando me vio dándole la mano a Smith para cerrar el convenio de confidencialidad me quebró, a él lo amenazó.

-Eso es a lo que me refiero con saber soltar bombas en tiempo adecuado amigo. Cuando Price los vio darse la mano, garantizaste más tu seguridad y la del policía al que delataste. Obtuviste información gratis, por así decirlo.

*¡Ay, qué exagerado! ¿Cómo hubiera sabido algo así? Tal vez este "genio" sepa lo que hace, pero nunca pensé que el Capitán correría o silenciaría al policía que solamente hacía su trabajo por darme la mano. Aunque tiene lógica, dado a que no ha desaparecido Gail.*

-También cabe la posibilidad de que se encargue de ambos policías, si es así tendríamos que tener cuidado -respondo fríamente.

-Claro. Ahora, ¿qué ha pasado después, cuando llegaste al patio?

-Samael habló conmigo en privado. Me alimentó, me ofreció un cigarrillo y corrió a todos para que trabajaran. Me comentó lo disgustado que está contigo e hizo algo que probablemente vaya a estropear tus planes -le comento en tono de preocupación, aunque sé que tendrá una respuesta para confundirme más.

-Le dijo a Price que habrá una fuga masiva para despistarlos mientras tú lo sacas y... *¡Maldición! ¿Le diré?*

-No omitas nada. ¿Qué más te ha dicho? -me pregunta, dando indicios de que sabe lo que voy a contestar.

-Que una vez que estemos libres, te matará. *Uy...*

-Pero hay un pequeño detalle con ese plan, Al.

-¿Cuál?

-Samael no saldrá de aquí.

## 26

¡¿Qué?! *Ahora resulta que nada más saldremos nosotros dos. ¿Seremos los dos? ¿No me estará utilizando nada más para escaparse? Confía, dijo una vez. Pero cómo saber si en su jaque mate hará un sacrificio de reina.*

-Zack... No entiendo tu plan de escape. ¿Solamente huiremos los dos? -pregunto atónito.

-En estos días te he demostrado que tengo la capacidad para salir de aquí y te he platicado cosas que a nadie le contaría. Para entender mi plan, simplemente vislúmbrate fuera de este lugar y será posible -responde, completamente relajado, pasivo y confuso.

-Sí, pero, ¿cómo escaparemos si nada más somos dos? ¿No deberíamos de ser más para que los guardias no estén buscando solamente a los reos de la celda S?

-Tranquilo amigo, todo está acoplándose a la perfección. La segunda parte del rompecabezas se ha acomodado y la primera parte que te prometí que pasaría, ya se ha cumplido también -dice, mientras repasa sus extraños movimientos con la mano.

-¿Cuál era esa?

-He agitado a la abeja reina y a su panal. Ja, Ja, Ja, te apuesto a que Samael ya está comenzando a conseguir cosas para su escape y ya es un secreto a voces.

*¡Increíble! ¡Sí me dijo todo eso! ¡Está sucediendo! En verdad es brillante este chico, pero es cauteloso, todavía no me dice nada sobre cómo escaparemos.*

-Oye, Zack… tengo un problema. Samael me dejó pensando en qué pasará con mi hija. Si soy prófugo nunca la volveré a ver, y si me espero, es probable que en unos años o meses la recupere, viéndola una vez al mes en las visitas -le digo en tono alarmante y sereno, demostrando que existe la posibilidad de que abandone todo.

El chico no se mueve ni parpadea cuando me dice en un tono soberbio y tranquilo:

-Albert, eso ya está resuelto, tienes que confiar en mí. Al final de todo esto tu chiquilla se te entregará rápido. *¿Confiar? ¿Cómo confío en algo como eso?*

-Deja el tema por ahora, Al, después te diré cómo funcionará todo. Bueno, yo ya he terminado con el cuestionario. ¿Hay algo que desees preguntarme?

*Ja, ni por dónde empezar. Necesito indagar más sobre el tema del escape, también saber lo de Samael, lo de mi hija, su segunda fase del plan, sus piezas en el tablero, lo que le pasó con Price, la pared de la celda, el sobre, el bloque X. ¿Qué información extra requiere? ¿Cómo le hará para que no nos maten en los últimos tres días? ¿De dónde sacó tanta imaginación…?*

-Por ahora me basta con dos preguntas, me encuentro exhausto y supongo que tú también; debemos descansar.

-Échale, ¿cuáles son? -me pregunta emocionado.

-Todo lo que haces y lo que has hecho forma parte de tu sagrado e ingenioso plan, ¿correcto? -exclamo, haciendo un pequeño preámbulo.

-Sí, claro. Cada cosa que hemos realizado: las pláticas, las audiencias, los insultos, las explicaciones... Todo nos acerca cada vez más a ser libres. Debemos tolerar ciertas penumbras y riesgos, pero al final todo rendirá frutos, te lo garantizo -afirma con un discurso bien elaborado.

-Ajá. ¿Y qué pasará mañana, y los días siguientes? ¿Cómo sabes que mañana Samael no te matará? Si ya está tan seguro con su plan, no te necesita. ¿Quiénes son los participantes en tu magnífico escape? Valentine ya nos amenazó con que la siguiente vez que nos viéramos estaríamos muertos, al igual que Price. ¿Cómo evadiremos al jefe de la prisión y a su subordinado? Venga, adelántame algo.

-Ja, dijiste dos preguntas e hiciste como cuatro -dice riéndose.

-No, esa cuenta dentro de la primera parte -le impongo.

-Ja, Ja, Ja. Okay. En los siguientes días no vamos a trabajar, tal vez mañana solamente. Samael no me mata porque necesita mis conocimientos para escapar. Los participantes son todos los que conocemos y la última la descifrarás luego.

*¿¿¿Mmmm...???*

-Segunda pregunta: tu ímpetu en el bloque X y la participación de esta pared. *Qué inteligente soy, ya le pregunté todo lo que necesitaba y me ha contestado menos de la mitad; es un gran avance.*

-Solamente averiguo porque se me hace raro una habitación como esa, ya sabes: con la inmensa pared desperdiciada y una minúscula puerta. Seguramente todos los reos que pasan por ahí preguntan lo mismo, es mera curiosidad. *Ni quién te la compre, algo sabes...*

-¿Y la pared? -la voltea a ver con entusiasmo- Por ahí descenderán los reos que intenten escapar.

*¿¿¿???*

-¡¿Eh?! Pero, ¿cómo llegaremos hasta allá? -pregunto desesperado, sin preocuparme por mi incertidumbre delatadora.

-Es obvio ¿no? -se le ilumina la cara de felicidad y maldad al mismo tiempo- Por la oficina del Capitán Price.

*Okay, tendría lógica. ¡Si tan sólo conseguimos claves de acceso y la llave de ese malnacido! Un momento...*

-Espera, ¿no habías dicho y reiterado que saldrás por la puerta de enfrente, por la entrada y salida de la Ciudadela? -interrogo con mucho asombro.

A lo que Zack responde serenamente:

-¡¡Exacto!!

## 27

*—Nos vemos mi cielo, que te vaya bien…*
       *—Papi, papi, llévame a los columpios.*
*—Claro que sí, linda*

*…*

*Sentado en una banca del parque me surcan mil preguntas, ideas, preocupaciones, mientras la veo divertirse con otros niños de su edad en el área de juegos.*

*¿Cómo le vamos a hacer? ¿Por qué tiene que ser tan complicado? ¿Por qué no podemos tener nuestra vida tranquila?*

*—Papá, ¿me compras un helado?*

*…*

*—Hay una manera. Debo hacerlo. O si no…*

Toc. Toc. Toc.

Unos golpeteos metálicos me despiertan de mi profundo sueño, y mientras me levanto lentamente, escucho a un guardia gritar:

-¡Par de flojos! ¡Levántense, idiotas! ¡La alarma sonará en un minuto y ustedes todavía no se despiertan! -distingo la voz del oficial Víctor.

-Ah, claro, pero si son los dos profetas invencibles que me amenazaron hace apenas dos días. Pregunta: ¿por qué no he muerto? Ah, sí, ¡porque siguen siendo unos asquerosos y estúpidos reos detrás de unas rejas! ¡Así no son tan rudos ¿o sí?!

*¿Dos?, creo que te refieres al chico nuevo.*

Zack se levanta mientras el guardia blofea de su discurso. Se coloca delante de él y con una mirada feroz y malévola exclama:

-¡Espera a mañana y verás!

Bong. Bong. Bong.

-¡Víctor! ¡A tu posición! ¡Vamos a comenzar con el chequeo diario! -grita Valentine a su subordinado.

El gorilón Vicky le echa una mirada furtiva mientras se aleja y se coloca en posición.

-Zack, bájale tantito. Tiene razón, estamos tras las rejas y él es un oficial de seguridad, tal vez no sea bueno que lo amenaces tanto, no se ve que sea fácil de intimidar -le digo en tono bajo.

-Tranquilo, Al, todo está bajo control -me replica el chico profeta.

-¿Y qué pasará con Samael ahorita? No creo que le sea grato verte.

*Por más que este güey crea que todo lo tiene en la palma de su mano, se le podría descontrolar y perder la vida en el desayuno. O ambos...*

-Ya te dije que no me hará nada, además no creo que estemos todo el desayuno -replica profetizando, de nuevo.

-¡Celda S! ¡Lista! ¡Salgan a sus lugares! -nos grita un oficial desconocido.

-¡Todo en orden! -afirma Valentine- ¡Muévanse, animales!

Tomamos ese trayecto silencioso hacia un putrefacto desayuno. Sé lo que está haciendo el chico en nuestro caminar, para no imitarlo, bajo la cabeza hasta llegar a nuestro destino.

-Falta un guardia -exclama Zack, mientras entramos en el comedor-. Los conté y hay uno que no está, podría ser el que te cuidó en la torre o el del pacto…

-Buenos días, Albert. Buenos días, Zackary -dice el diablo, formándose en la fila con su segunda mano.

*El jefe de jefes formado para recibir su comida… algo no anda bien.*

-Buenos días Samael, York. ¿Qué les trae por acá? -pregunto en tono cortés.

-Quería notificarte, Al: conseguimos algo importante para el plan que podría garantizar nuestra salida. Se los haré saber cuando estemos en otra zona, picando piedras -nos contesta con voz baja y solemne.

-¡Derecha o izquierda! -interrumpe el cocinero para entregarnos uno de los dos guisos de mala muerte.

Cuando nos dirigimos a nuestros asientos con el jefe y el séquito, Zack me jala para otro lado y nos sentamos en mi lugar habitual, junto a la salida.

-¡¿Qué pasa chico?! ¿No nos íbamos a sentar con Samael? Capaz de que ya idearon algo, ¿no crees? -pregunto desconcertado.

-Al, no creo ser bienvenido en esa mesa. No me interesa si ya planearon algo ellos, yo lo tengo todo, ¿recuerdas? Si nos desviamos del plan no saldremos en dos días. Ahora, come y calla, por favor.

*¡El gran problema es que yo no sé nada de tu maldito plan! Por lo menos Samael confía más en mí y me adelanta lo que va a hacer, mucho antes de hacerlo. No como el mugroso "obedece y actúa".*

Sigo las instrucciones del chico devorando la mitad del desayuno. Veo de reojo que el "brillante" nuevo ya ha terminado por completo y se recarga sobre su silla, haciendo su movimiento de mano habitual.

Al momento en que termino le cuestiono intrigado:

-Y, ¿por qué nos teníamos que sentar hasta el otro lado de la cocina, Zack?

-Porque no quiero que Samael vea que…

Empieza a explicar cuando nos interrumpe Valentine, gritando y escupiendo a su alrededor:

-¡Les ha llegado su hora, idiotas! ¡Price desea verlos! ¡Por última vez!

## 28

*¿Qué? ¿Como por qué? ¿Última…? ¿Cómo supo?*

-Con muchísimo gusto iremos a verlo, señor Valentine, pero tendré que ir sin esposas, mire -le dice el chico en tono sarcástico, mostrándole su mano izquierda lastimada cubierta con una venda, recostada en su pecho.

El guardia, al escuchar su tono de burla, levanta a Zack por el brazo, lo coloca de espaldas, tira de la venda y, jalándole el brazo malo, le pone las esposas en las muñecas y su cara en la mesa.

-¡Awww! -grita el ingeniero herido.

-¡Ya ves cómo sí se puede, estúpido! John, ponle las esposas a su compañero -se acerca al chico y susurra:- ¡¿Por qué me retas, eh animal?! ¡¿Cómo pudiste siquiera imaginar que te llevaría por ahí sin esposas?!

Escucho mientras John, más amigablemente, me coloca los brazos en la espalda, seguido de esos fríos aros metálicos.

-¡Ahora, vámonos de aquí! ¡Al capitán le gusta matar antes del desayuno! -grita.

*No me la compro. Si Zack vio esto venir, significa que no vamos a la muerte, sólo estamos avanzando, como diría el planeador.*

-¿Y nuestro fiel amigo Víctor? ¿A dónde ha parado el día de hoy? -pregunta el joven con sarcasmo.

Valentine, tendiéndole un rodillazo en el estómago, le contesta:

-¡Eso te viene valiendo madres! ¡Idiota!

Nos empujan fuertemente hasta la salida del comedor y nos llevan a la habitual puerta por la que hemos pasado varias veces en la misma semana.

...

Bloque de celdas desconocidas.

...

Bloque X. *¿Zack dirá algo? Inoportuno, obvio, pero ¿con qué fin?*

Cruzando el pasillo escuchamos ruidos que provienen de más adelante; gritos y golpeteos extraños, otros sonidos que jamás había escuchado. Cuando vamos a cruzar la puerta secreta, sale Price de ella y exclama con fuerza:

-¡Qué gusto me da verlos, malnacidos! -grita con sarcasmo- ¡Pequeño cretino! ¿Quieres que te enseñe lo que hay dentro? ¡Si entras, no sales, idiota!

Zack se queda callado por primera vez. *Creo que ya no le interesa conocer ese lugar...*

-¿No? ¡Vámonos, pues! ¡Tengo una agenda apretada que cumplir!

Caminando, observo al niño lastimado que camina con la mirada baja. *Mmmm... obvio esto es parte de su plan ¿no? ¿Por qué parece que algo anda mal? Oh, Oh.*

Ante la duda, volteo disimuladamente a ver su espalda y retracto mis dudas al ver que juguetea con sus manos como siempre.

Deslice... Bloque Z...

Deslice… Administrativos…

Llave única… Oficina del capitán…

-¡Déjenlos aquí! Retírenles las esposas, no las van a ocupar -ordena el dueño de la cárcel a sus subordinados.

Sin réplica alguna, Valentine y John nos quitan las cadenas de la espalda con dureza y sin tacto, arrojándonos al depredador.

-¡Vamos arriba, si alguno de los dos se atreve a hacer un solo ruido en el pasillo, les rompo las piernas! -afirma con firmeza y hostilidad.

Callados, pasamos por la siempre abierta puerta de la oficina y subimos la escalinata de caracol a paso veloz. *No se escucha ningún grito, parece que "la misionera" se ha ido de este convento…*

Llegando a la misma torre, notamos que no hay mesa, silla o guardia alguno y nos dirigimos a la puerta que solamente cruzó Zack en su fiesta privada el día anterior.

*¡Wooow!* Como en cuentos de Robin Hood, se ven grandes torres con puentes colgantes que se conectan entre ellos a través de toda la Ciudadela. También guardias armados vigilando y observando cómo transcurre el día en lo que, he comprobado, es la mejor prisión del país.

*Pero nos vamos a escapar… Nos…*

Seguimos caminando por todos los pasillos colgantes con la cabeza agachada. Al llegar a una de las torres que delimita el gran cuadrado de la zona de trabajo, Price nos dice:

-Estuve impresionado con todo lo que pasó ayer Zack, tenías toda la razón…

*¿¿¿…???*

-Observo a todos estos reos putrefactos tratando de imaginar una forma por la cual pasará, pero no la encuentro...

*¿¿¿??? ¡¡Qué dice?! ¡¡No nos iban a matar o algo?!*

-Mira, desde aquí se ve a Samael y su séquito -dice el chico.

Desconcertado, miro hacia el patio de juegos y observamos al jefe rodeado de todos como si estuvieran planeando las jugadas antes de empezar un partido de fútbol. De pronto, seguida de una afirmación del diablo, se dirigen todos, menos Samael y York, a la zona de picar piedras, ubican a un rubio trabajando y sin decir más lo tumban al suelo, golpeándolo entre todos.

-¡¿Pero qué demonios pasa?! -grito, al ver esa abrupta estampida contra alguien desconocido.

En cinco segundos se ve a los guardias pegarle a varios reos que se involucraron, hasta algunos de mis compinches que quieren detener la revuelta. Una vez dispersos, vemos al rubio muerto, tumbado boca abajo en el piso, con un charco de sangre a su alrededor.

Toda la Ciudadela está en acción: los guardias, incluyendo Price, se movilizan hacia las seis torres del patio para apuntar con sus armas de balas de goma hacia los prisioneros revoltosos.

*Las peleas de uno contra uno son permitidas por los policías, hasta se mofan de los reos, pero todos contra ese sujeto no está bien, espero no haya muchos heridos...*

Al darse cuenta de las docenas de rifles apuntándoles desde la parte superior, se detienen, colocan las manos en el aire soltando todo lo que tienen y, sorprendentemente, Hume tiene un pedazo de vidrio roto con sangre. Cuando los oficiales de piso se dan

SALVADOR A. VILLANUEVA BEK

cuenta de quién fue el asesino, lo golpean y ponen contra la pared.

-¡No sé qué fue todo eso, pero aquí no se toleran esas estupideces! ¡¡Valentine!! -escupe, más rojo de lo común, el capitán desde las alturas.

Al escuchar la indicación de su superior, el guardia desenfunda su pistola y le mete una bala en la cabeza al confundido perpetrador, que antes de conocer la muerte levanta la vista y, al observarnos en la torre, pone cara de susto y sorpresa, seguido de un final sangriento, frío y cruel.

-¡Que les sirva de lección, imbéciles! ¡Todos los involucrados se irán a aislamiento por dos semanas y cuando averigüemos quién más ha sido cómplice, correrá la misma suerte que su amigo!

Estando todavía en shock, volteo a ver a Zack, que aparenta estar más preocupado de lo normal. *Estamos solos y sin cadenas en una de las torres, ¡esta puede ser nuestra oportunidad de escapar! ¿Pero qué hay del chico y su plan? Dos días se ven muy distantes...*

-Hey, güey, ¿qué pasa? Luces más blanco que antes -pregunto desconcertado.

-No sé si te acuerdas, pero Samael nos dijo que fuéramos a ese lugar para que nos contara algo sobre el plan -contesta, sin quitar su pálida vista.

-Mmmm... sí. ¿Qué tiene?

-Que su plan falló.

-¿Cómo? ¿De qué hablas?

-Su objetivo de asesinato era yo.

## 29

*¡¿Qué?! ¿Por qué piensa eso? ¿Será cierto?*

-Es verdad, Al. Yo era el objetivo, por eso mandaron a alguien a matarme. Tú mismo lo dijiste, ya no soy bienvenido para Samael.

*Rubio... Samael... Plan... Tiene sentido.*

-¿Por eso nos sentamos en otro lugar en la cocina? ¿Sabías que te intentaría asesinar? -pregunto con tono desesperado. *Impresionante...*

-Sí, Al, era una variable, pero creí que sería hasta mañana y no iba a correr el riesgo.

-¡Veo que no se han escapado mientras sucedía todo lo de allá abajo! ¡Tienen cerebro! ¡Este lugar no tiene escape y está perfectamente acuartelado! ¡La prueba está abajo, en la pared ensangrentada! -nos grita Price, al llegar corriendo de su llamada de caos.

-No escaparíamos, capitán, se lo aseguro -responde Zack, con su tono habitual malévolo.

*No entiendo. ¿Qué es todo esto? ¿Por qué si teníamos la oportunidad única de salir no la tomamos?*

-Creo saber quién es el responsable de lo sucedido -afirma el jefe de la prisión-. Tiene que ver con el sobre, ¿verdad Zackary? ¿Cuándo me darás la segunda parte?

*El sobre... Se me había olvidado.*

-Pronto, señor. Le damos las gracias por habernos salvado de aquello -dice, señalando a la escoria de abajo.

-¿Habrías participado?

-No, hubiera sido la víctima.

En lugar de que el golpeador se mofe como siempre por tal acusación o le acomode un trancazo, simplemente responde:

-Puede que sí, Zackary, puede que sí. Necesito averiguar más pero, por ahora, se quedarán un rato en mi oficina en lo que se calman las cosas.

*¿En serio nos va a brindar asilo por algo así, una suposición? ¡Jamás había escuchado que Price ofreciera protección a testigos o cosas por el estilo!*

-Muchas gracias, capitán -responde el chico en tono humilde.

Sin decir más, nos dirigimos de vuelta a la oficina de tan amable bipolar. De regreso no encuentro a guardias conocidos, tampoco a Smith...

*En mi mente no cabe que Zack sea tan preciso, no puede saber tanto en tan poco tiempo. ¿Cómo es que planea todo esto? No tengo ni la más remota idea de por qué vamos a quedarnos quién sabe cuántas horas en esa odiosa oficina, en la que hemos pasado de golpizas e interrogatorios a charlas con té y galletas. Lo increíble es que él me lo dijo al llegar. En unos cuantos días parece que ya domina la prisión. El nuevo me ha cambiado la percepción sobre el temido Capitán Price. Inconcebible...*

Una vez en el acogedor y bien decorado despacho del dichoso protector, nos indica que nos sentemos en las sillas frente a su escritorio y saca un par de esposas.

-No crean que tienen poderes ni nada. Siguen siendo dos reos y no puedo dejarlos sin correa alguna -nos dice colocándolas en la muñeca y en la bracera de la silla.

-Awww, mi brazo me duele bastante. Valentine me lo torció antes de venir para acá -exclama Zack cuando el oficial le coloca la esposa en el brazo.

-Ja, se me ha olvidado que he sido yo el que te lastimó ese brazo. Si no quieres que se repita, ¡no lo vuelvas a hacer! Aguántate en lo que llamo a la enfermera.

El capitán termina de ponerle las esposas y, al pasar detrás de él, empuja fuertemente la silla, tirándolo de boca contra el piso, dejando la habitación con un portazo.

-¿Qué le pasa al loco este? Su bipolaridad me espanta demasiado -me quejo en tono bajo al pobre muchacho que está tumbado en el suelo.

-Déjalo, es justo lo que quería -responde con media boca.

-¿Quién? ¿Él o tú? -pregunto con sarcasmo.

-Obvio yo, recuerda que hay cámaras aquí.

-¿Y? *Sigo sin entender.*

-Observa -me dice, mientras apoya sus pies y mano en la alfombra para empujarse hacia arriba, levantándose y chocando con el borde del escritorio. Al hacerlo, un montón de papeles y plumas se caen. Él vuelve a quedar boca abajo en el suelo, inerte e inmóvil.

*¿¿¿??? Qué va. Se vio muy mediocre eso.*

-Mmmm… Zack, ¿estás consciente?

-¡¿Qué pasa?! ¡Idiota, tiraste mis plumas! ¡Y yo que ya te traía a la enfermera! -grita Price entrando a su oficina.

-Yo no me he movido señor, fue usted cuando me tiró de la silla -replica el chico con media mejilla todavía en el suelo.

-¡Bueno, ya! ¡No llores por estupideces! ¡La enfermera te trajo un dulce para cuando termines, pinche bebote! -le contesta, levantándolo con un brazo y con la señorita detrás.

-¡Ahora regreso! ¡Úrsula, componlo un poco!

Cuando el burlón y simpático capitán se va, la enfermera comienza a revisar al herido.

-¡Hey Zack! ¡¿Qué fue eso?! -le pregunto en tono exasperante y bajo.

En lugar de obtener una respuesta hablada, veo la sonrisa habitual del chico, malévola y abierta de par en par. Esta vez me enseña su lengua y observo un pequeño cilindro metálico de cinco centímetros de largo salido de quién sabe dónde.

*¡De una de las plumas! ¡¿Pero cómo?!*

## 30

-Ya quedó tu brazo. Deja de alterar a los guardias, no te puedo estar poniendo vendas cada día -le dice seria la enfermera.

-Muchas gracias, linda -replica Zack en un tono coqueto.

La cara de la señorita cambia de neutra a enojada y le contesta:

-Es Úrsula, idiota -molesta por su comentario, se retira de la habitación.

-¡Oye Houidini! ¿De dónde has sacado eso? -grito en susurro, señalando su boca.

-Al, es obvio que de una de las plumas. No subas tanto la voz, no sabemos si Price está cerca -contesta muy risueño.

-¿Para qué la quieres? ¿Cómo la ocultarás?

-Servirá en un futuro para manejar un par de esposas y la tendré en mi boca, a un costado de mi lengua -dice, indicando el lugar en su cachete.

-Cuando vayamos al patio de juegos va a sonar el detector de metales ¿no? ¿Cómo le vas a hacer? -pregunto en el mismo tono curioso y callado.

-La respuesta es fácil, Al. Ya no volveré a ese lugar.

¿¿¿???

—Ya regresé, animales —exclama el contento capitán al entrar—. Me han informado que mandaron a aislamiento a dos personas más en la zona cero por cómplices o culpables de lo ocurrido.

—¿Quiénes son, señor? —interrogo, abriendo los ojos con más interés que antes. *¿Samael y York?*

—Dos imbéciles que nos llevaban fastidiando un rato, de un bloque de celdas al oeste de la Ciudadela. Golpearon con rocas a guardias, tuvieron suerte de no terminar en la pared —contesta, sentándose en la silla de su escritorio.

—¿Y el asesinado? ¿Quién era, capitán? —cuestiona Zack sin pizca de interés.

—Era alguien que, de hecho, se parecía mucho a ti. Puede que tengas razón, Zackary.

—Señor, ¿cree que se pueda confirmar que la persona muerta era yo? —dice el chico, mucho más interesado.

—No es necesario novato, los reos no tienen el derecho de saber quién se da de baja. Como quedó tumbado boca abajo, supongo que se quedaron con la idea de que sí fuiste tú, pero eso no lo sabemos, tal vez ese güey les debía algo.

Nos quedamos en silencio unos segundos analizando lo sucedido, hasta que el propietario de tan ordenada oficina se levanta a recoger sus plumas y hojas y exclama:

—Bueno, pues, en lo que nos quedamos allá arriba. Platícame todo, Zackary.

—En el documento que tiene el sobre le he dicho lo que sé, señor. El siguiente contendrá la mitad que garanticé como intercambio. ¿Cuál es su incertidumbre? ¿Qué más desea conocer?

*¿Garantía? ¿Intercambio?*

-Quiero saber, ¿cómo piensan que van a escaparse de aquí? Y con qué bases sustentas eso.

Zack voltea a verme; asiente rápida y brevemente para indicarme algo. *¿Y ahora qué es lo que quiere que haga?*

-Me lo ha platicado Albert, a él se lo comentó Samael. Dice que llevan meses planeándolo y que su jefe narcotraficante lo sacará de aquí -explica el creativo chico.

*¡¿Eh?! ¿Qué demonios está diciendo ahora? ¿Por qué cree que todo se entiende y se capta? ¿Insinúa que mi jefe tiene un plan malévolo, como el suyo, de escaparse de la prisión, de la Ciudadela? Esto está muy extraño, pero me gusta.*

El militar se queda un momento reflexionando, acabando de saturar su pequeño cerebro con información. Voltea a verme con su mirada seria y cuadrada para preguntarme:

-¿Es cierto todo eso?

-Sí señor, Samael lleva un rato organizando una fuga -contesto con la mentira más grande del mundo.

*Mmmm, creo que no necesito un "obedece y actúa" para entender que no debo contradecir lo que dice Zack, pero tampoco sé qué es lo que tengo que hacer. Espero que el chico tenga una buena historia sobre esta otra fuga. Neta que no comprendo lo que hace.*

Sin quitar su mirada inquisidora, *para descubrir nuestro falso panorama,* vuelve a preguntar, ahora con más fuerza:

-¡¿Y cómo se supone que lo harán, eh?! ¡Samael lleva mucho siendo un soplón en esta cárcel, eso le ha dado ciertos beneficios y protecciones! ¡¿Me están diciendo que un reo asesino es más inteligente que yo como para planear algo semejante y jugar a las dos caras, a involucrarse con el enemigo para salir?! ¡Además, anteayer me dijo que habría una fuga masiva! ¡Sería ridículo pensar que se hubiera delatado! ¡No creo que sea tan astuto! ¡¿Cómo lo harán?! -explota, azotando todas las cosas recogidas en su escritorio.

*Ups, ahora sí ya no sé qué decir. Si este güey descubre la mentira será nuestro fin. Todo depende de Zack, yo no creo salir de esta red.*

-Con explosivos, señor. El narcotraficante plantará, al igual que Samael, pequeñas cargas de C-4 para abrir hoyos en paredes estratégicas -contesta, maravillándonos a ambos.

-¡No hay paredes estratégicas reo dos, siete, siete, seis, diez, B! ¡¿De dónde pretenderían conseguir esos explosivos?! ¡¿Por dónde saldrían?! ¡¿Cuándo sería?! ¡Quiero respuestas ya! -grita fuera de sí.

-¡Los explosivos ya están colocados, señor! ¡Uno estará en el patio de juegos, en la pared sur y el otro en nuestra pared!

*¿¿¿??? ¡Pero de dónde saca tantas locuras! ¡Ah! ¡Creo que ya entendí!*

El capitán detiene su momento de furia total, se le queda viendo con extrañeza y después dice con más calma:

-¿A qué te refieres con "nuestra pared"?

-La de nuestra celda, la pared que delimita el final de la cárcel, de la celda S, bloque T, señor -contesto, sorprendiendo a todos.

*¿Ahora este malnacido le puso dos propósitos? ¿Me estaba mintiendo a mí, o a él? ¿Esa pared "que será súper importante para su plan" cumplirá con una explosión o con un rapel?*

-¿Y con qué finalidad habrá dos bombas? -pregunta, anonadado.

-Samael distraerá a todos en el patio de juegos para que ustedes se encarguen de detener a los reos comunes mientras él escapa con la segunda detonación desde nuestra celda. Justo como acabamos de ver hace rato, usará a los demás para ensuciarse las manos -responde ingeniosamente Zack.

-¿Cuándo será todo eso? -pregunta, por primera vez, con tono de asombro el intrigado capitán.

-Señor, la fuga iniciará mañana.

## 31

*¿No iba ser dentro de dos días? ¡¿Qué es todo esto?!*

Price está atónito con la noticia, se le nota por la cara de idiota y la mirada quieta que tiene. Después de unos segundos de tensión, intriga e incertidumbre, el capitán dice:

-Mira, animal, ya no me estoy creyendo tanto lo que balbuceas. Es inaudito pensar que justo cuando tú llegas me entero de todo esto. Si Samael lleva meses planeándolo, ¿por qué no lo supe antes? ¿Crees que voy a creerle a un pinche niño nuevo que mi más preciada pieza de control es alguien con un plan organizado?

*¡Ups! No es tan tonto como creíamos, el plan de Zack parece empezar a tropezar.*

-Escuche, le estamos contando lo que sabemos. Albert no le había dicho nada porque no tuvo audiencias con usted antes, pero si no nos quiere creer espérese a las cuatro de mañana, verá como su cárcel se viene abajo y tendrá un motín a menos que haga algo al respecto -le contesta calmadamente el chico nuevo.

Una vez más, el dueño de la cárcel se queda perplejo, no logra asimilar las palabras de tan semejante mentiroso planeador. *Yo tampoco. ¿Cómo es que pretende iniciar una fuga a esa hora exacta? ¿Cómo piensa que su historia sobre explosivos y planes de Samael* tienen algún sentido? También lo del sobre todavía es un completo misterio; una parte debió ser una lista o algo así de los reos. ¿Pero cómo la obtuvo?, no es tan fácil conseguir papel y lápiz tan pronto. ¡Ah, claro! ¡Cómo no lo vi antes! ¡Es la misma lista que le dio York un día en la mañana, el día que Steve rompió la tubería! ¿Y la segunda parte?

-¡Entonces debo matar a Samael y listo! -exclama con furia.

-No, señor, si lo hace la fuga seguirá en proceso y el motín sería mayor. Si su líder desaparece, lo harán todo más rápido, además usted sabe que no es tan sencillo matar a alguien como él -contesta el joven genio.

-¡¿Qué mierdas propones que haga para evitar esto?!

-Capitán, antes de continuar con nuestra plática, sería prudente que Albert vuelva al patio de juegos para seguir recopilando información y confirme lo de mi muerte -dice, interrumpiendo al verdadero diablo, viéndome con ojos de gentileza.

¡¿Qué?! ¡¿Por qué me saca del juego?! ¡Qué cómodo que este holgazán se quede charlando con Price mientras yo trabajo y lidio con los demás! ¡Cree que soy como él y que puedo inventarme toda clase de historias locas que me salven el pellejo! ¡Además no me dejó escuchar una respuesta concreta de su maldito plan!

-Tienes razón, hasta que averigüe qué rayos es todo esto, debemos actuar como si no hubiera pasado nada.

-Pero señor… -empiezo a reclamar.

-Albert, invéntate una historia de por qué no estabas en el momento del ataque y recauda más información para concluir en algo -termina escupiendo Price.

-Serán un par de horas, Al, tienes que terminar la tercera cara...

*Ja, ja, ja, quiere que yo termine su "siguiente etapa del plan" sin siquiera conocer algo de él.*

-¡¿De qué hablas, Zack?! -pregunta impaciente el capitán.

-Se refiere a que tendré que jugar al doble agente como lo ha estado haciendo Samael, señor. *Me manda a hacer el trabajo sucio y espera que esté contento...*

Zack me ve con cara de impresión mientras el fortachón se levanta y me quita la esposa de la silla para colocarla de nuevo en mi otra muñeca, en la espalda baja.

-Antes de ir hasta el patio de juegos hay algo que quiero mostrarte, Albert. ¡Valentine! ¡Quédate en mi oficina hasta mi regreso! -grita Price a la nada, hasta que aparece el susodicho y sin reclamar o preguntar se queda parado en la puerta.

Salimos de la oficina y vemos a los administrativos de nuevo muy acelerados.

-Capitán, disculpe, ¿qué es lo que hacen todas estas personas? -pregunto humildemente mientras caminamos a la concurrida puerta de siempre.

-¡Sigue caminando! -me grita, mientras me empuja un poco hasta la puerta.

Sin decir más recorremos el resto del paseo en silencio y a paso veloz, casi como ayer que iba con la cabeza a punto de estallar por su golpiza. Antes de llegar al acceso al patio de juegos, el capitán se detiene y susurra:

-Trata de no mostrar nuestra simpatía por favor, sólo en privado. Tienes que inventarte algo creíble para estos cerdos, diles que sigues bajo investigación por lo de Steve o lo que sea y trata de ser concreto en obtener respuestas claras para ver si lo que dice el chico es correcto. Por cierto, ¿quién carajos es él? ¿Qué sabes sobre el muchacho? ¡Y no me mientas! -me pregunta el jefe de seguridad.

-Señor, sé tanto de él como usted. Lleva aquí solamente cuatro días y no es muy platicador.

-Pero hay algo más ¿no? Sé que sí, todo esto me parece sumamente raro -vuelve a susurrar.

-A mí también. Ahora que me acuerdo, ¿no me iba a enseñar algo?

La cara de Price cambia de incógnita a enojo y sin decir más, me suelta un golpe en el estómago.

-¡Decidí que mejor al rato, infeliz! Te necesito con fuerzas ahora -me escupe impaciente al hablarme al oído y volvemos a caminar para el chequeo a la entrada.

*Te necesito con fuerzas ahora... ¿Qué rayos quiso decir con eso? ¿Que me va a golpear más tarde? ¡¿Por qué haría eso?! Ya no aguanto la maldita actitud extraña y cambiante de todos.*

-Capitán, señor. ¿Qué se le ofrece? -pregunta un oficial desconocido en la puerta de entrada.

-¡Revisa a este animal, luego llévalo a sus actividades diarias! Aunque le queden dos horas de trabajo, debe cubrir su cuota.

Sin decir más, Price se aleja a grandes pasos y el guardia me retira las cadenas. Paso por los detectores metálicos hasta que avanzo al deslumbrante patio de juegos.

*¡¿Pero qué demonios es esto...?!* Hay el doble o triple de guardias de lo habitual entre la multitud y todos están en

constante vigilancia. Vislumbro a Samael y a los demás; extrañamente, se encuentran trabajando en la zona de piedras.

A lo lejos, veo que a la pared ensangrentada le ponen una serie de líquidos pero en lugar de que desaparezca se vuelve más nítida y seca.

-¡Reo dos, siete, siete, seis, diez, A! ¡Tienes mucho que cubrir en muy poco tiempo! ¡Ve a tu maldita área de trabajo! -me grita, desenfundando su macana, el oficial Víctor.

-Enseguida, señor -contesto, agachando la cabeza.

-¡¿Dónde está tu compinche del crimen, eh?! ¡¿En dónde se ha metido?! ¡Dile que la próxima vez que lo vea lo mataré! ¡Así evitaré que me mate! ¡Ja, ja, ja! -amenaza, con cara de sarcasmo y un poco de preocupación. *¿Creerá en serio que Zack lo va a matar? No sé si todo eso fue burla o en verdad está alerta de un reo novato.*

Me dirijo a donde se encuentra Ashley y las chicas, pido permiso, agarro una pica y me pongo a trabajar. Disimuladamente me voy moviendo poco a poco hasta mi jefe y casi en susurro pregunto:

-Hey, Samael. ¿Qué está pasando? ¿Por qué todos están trabajando y hay tantos guardias?

-¡¿Dónde has estado?! Te hemos buscado toda la mañana. Pasó algo… -dice, mientras ambos picamos piedras tajantemente.

-Sigo en audiencias con Price por lo de Steve, se tomaron muy en serio lo sucedido y me interrogaron un buen rato. ¿Has visto a Zack? No lo vi al entrar -respondo, mintiendo descaradamente a mi jefe y protector de un año.

La cara del matón se ilumina y se pone macabra:

-Ese es el alboroto. Ya no hay chico insolente que me vuelva a insultar. Esta mañana lo hemos asesinado con el vidrio que encontramos ayer, lamentablemente costó la vida de Hume.

Pongo cara de asombro, levantando las cejas y tartamudeando le digo:

-¿Por qué hiciste eso, Samael? ¡Él era nuestra única forma de escape y lo liquidaste!

*Me voy a ganar un Óscar por esta actuación.*

-En breve te lo explicaré, amigo mío. Ya no lo necesitábamos y mostraba mi debilidad si no lo hacía. Verás cómo tengo razón.

Sin advertencia alguna, un guardia se acerca y nos pega a ambos en la espalda con su macana fuertemente.

-¡No pueden hablar, malnacidos! ¡Síganle y continuarán como sus compañeros! ¿Ven esa maldita mancha? ¡La van a dejar para que no se les olvide quiénes son!

-Awww -respondo ante la molestia del golpe y continuamos en silencio trabajando.

*¿Cómo es posible que Zack supiera que lo iban a confundir y matar? Sé que diría: "Pero Al, ese rubio se parecía bastante a mí y sabes que Samael ya no me quiere cerca". Sí, lo sé, lo sé. Sin embargo creo que es excesivo, demasiada "planificación" para los cuatro días que lleva aquí. Además lo que dijo cuando entró: "Yo saldré de aquí pronto". Todavía no sale, pero de todas formas las cosas que dice, ¡pasan! Es imposible que alguien pueda predecir el futuro de esa forma. A menos que...*

*Es un pensamiento tonto...*

*Ridículo...*

*No puede ser...*

*Imposible…*

*Hay una posibilidad…*

*Tal vez…*

*¿De que eligiera meterse en la cárcel?*

*Estúpido. Y el accidente y eso…*

*Planeado… puede ser…*

*Lo importante no es el por qué, sino el para qué…*

*¿¿¿Con qué maldito fin???*

## 32

—Venga, Al. Yo ya he acabado con mi cuota y a ti te falta un buen. Acelera el paso, tenemos que hablar —me susurra el jefe, sacándome del trance de pensamientos que indagaron mi mente hace más de una hora.

—Ya casi acabo.

Ashley se va con los demás a la zona común en la que nos reunimos. Los guardias siguen muy atentos mientras el séquito se reúne a hablar.

*Debo alejar esos pensamientos de mi cabeza, es absurdo creer eso. Aunque tendría un poco de sentido… Bueno, eso no es importante ahorita, el chiste es: ¿Qué le voy a decir a Samael? ¿Voy a actuar nostálgico o algo por el estilo? ¿Voy a seguir su plan? Qué tal si decide hacerlo ya y Zack no está.*

—Has terminado reo dos, siete, siete, seis, diez, A. Puedes retirarte —me dice secamente Hall, interpretando su papel de policía malo.

Cuando llego al punto de reunión todos se callan, me miran y el diablo dice:

—Por favor, siéntate, Al. Estamos discutiendo sobre la serie mundial. ¿Quién crees que va a ganar este año? —pregunta seriamente.

¿¿¿???

-Señor, ¿no íbamos a hablar sobre…?

-¡Calla, imbécil! ¡¿Qué no ves la cantidad de guardias que hay alrededor?! Siéntate y escucha -me exclama en voz baja la segunda mano del jefe.

-Yo creo que los campeones serán los Gigantes. ¿Tu York? -pregunta Samael.

-Mmmm, yo creo que los Dodgers.

-Yo Red Sox -dice Phil.

-Yo Mets -grita Yong.

-Rays -asegura Barden.

-Rockies -afirma Pablo.

-¡Cállense!, uno por uno para que Albert entienda de qué estamos hablando -Samael pone cara de travesura cuando voltea y pregunta:- ¿Cuál es tu equipo favorito, Al?

*¿De qué hablan estos idiotas? "Mataron" a Zack hace rato, planean escapar y ¡ahora salen con la estupidez del béisbol!*

-Mmmm, los Yankees. ¿Por qué la pregunta, jefe?

-Estamos comentando cómo estarán acomodados los equipos para jugar esta temporada. ¿Entiendes? -insinúa como si fuera un retrasado mental.

*Ah, creo que ya entendí.*

-Sí, comprendo. La serie mundial empezará pronto y están hablando cómo va a estar…

-Exacto, los Gigantes son los que van dominando los partidos. *Samael…* y parece que mañana van a comenzar. *Fuga…* -exclama York-, solamente necesitamos saber cómo jugarán los demás.

*¡Utilizar equipos de béisbol para planificar un escape es una reverenda estupidez!*

-Bien, parece que a las doce inicia la temporada. *Todos reunidos en el patio para trabajar.* Los partidos son con dos equipos. Jugarán los Red Sox contra Dodgers, Mets con Rockies...

*Todavía no explica su plan y ¿está asignando parejas? ¿Como para qué?*

-Por último los Gigantes contra los Yankees -termina diciendo el experto en deportes.

-¿En qué horario jugarán? ¿Cuál será el desarrollo de la serie mundial? -pregunto, utilizando las analogías beisbolistas.

Samael esboza una sonrisa siniestra y exclama:

-Cuando todos los equipos estén listos para jugar, empezarán sus distintos roles. Exactamente a las cuatro es cuando los Piratas y los Cubs tomarán por sorpresa a los espectadores con una bola picuda. Todos derramarán sus cervezas rojas...

*¿Ladbroke y Zeke agarrarán picas y matarán guardias? ¿Es neta lo que este imbécil insinúa? ¡A las cuatro! ¡¡Zack!!*

-¿Pero eso no descalificaría a los equipos? -pregunta acertadamente Cubs.

-No, no, para nada, cuando eso pase los espectadores sólo lanzarán papel mientras los otros equipos juegan su parte, Zeke.

*Sí, cómo no...*

-Antes de continuar necesito que vayan con Snake y le pidan estas cosas para mañana -dice el diablo, entregándole una lista a Phil-. Díganle de mi parte que le pagaré el triple si lo consigue todo a tiempo.

SALVADOR A. VILLANUEVA BEK

Sin preguntar, todos se marchan en búsqueda del famoso traficante, todos excepto los Gigantes, Dodgers y Yankees.

Me acerco hasta Samael casi de manera inapropiada y le susurro:

-¡¿Qué está pasando?!

-Tranquilo, Al. Todo es parte del show.

-Pero ¡¿cómo pretendes sacarnos de aquí?! -pregunto impaciente.

-¡Por la oficina del Capitán Price!

# 33

*Justo a las cuatro... por la oficina de Price... esto me huele a Zack en todas partes. ¡¿De dónde saca tantas tonterías?!*

-Samael, ¡¿cómo ideaste ese plan?!

-Al, pareces nuevo en todo esto. La oficina del capitán tiene acceso a las torres superiores y al límite de la Ciudadela, con un simple rapel estaremos libres.

*Dime algo que no sepa, imbécil.*

-Sí, pero ¿cómo llegaremos hasta allá?

-Mañana cuando inicie la fuga tendremos que matar a Price y conseguir su llave de acceso -contesta seriamente.

No puedo contener la carcajada ante tal estupidez. Cuando veo que habla en serio dejo de reír.

-York, ¿me dejarías hablar un momento a solas con Samael? -pregunto con sutileza.

-Él sabe tanto como tú y es de confianza, Al. Si tienes algo que decirme hazlo ya -exclama impaciente.

*Creo que no le gustó que me mofara de sus planes.*

-De acuerdo, hablaré ampliamente: Mataste al chico nuevo que era ingeniero civil, que te garantizó la salida de este lugar a cambio de tonterías, y que no te reveló nada sobre su plan de escape. ¿Cómo pretendes realizar su hazaña sin siquiera saber algo? ¿De dónde surge todo esto?

En ese momento, el diablo pone cara de niño al que le cachan una travesura. No sabe si correr o contestar.

-Digamos que me llegó una carta... -empieza a explicar nervioso.

-Ajá...

-Con detalles específicos de la Ciudadela y con un plan para escapar de aquí, muy estructurado y listo para ejecutarse, por eso ya no necesité al impertinente ese.

¿¿¿???

-¿De dónde surgió esa carta? ¿Quién la envió?

Antes de que pueda contestar, regresa la bola de secuaces con las manos vacías y miradas inquietas.

-Señor... -empieza a decir Phil- Casi no hemos conseguido nada de lo que solicitó, sólo conseguiremos el encendedor y posiblemente la cuerda, pero hasta esta tarde. En este momento hay demasiados guardias como para hacer un intercambio.

-Además le va a cobrar mucho más. Con lo que sucedió, dice que no se va arriesgar a estar en aislamiento o en la pared como Hume -susurra Yong.

-¡Maricón de porquería! ¡Como si no hubieran matado a alguien antes! ¡No puedo creer que se esté acobardando! ¡Además sabíamos que pasaría! -grita Samael.

-¡Baje la voz! ¡Los guardias escucharán! -exclamo.

-Lo sé, es sólo que me enfurece que... ¿Y qué me miran todos?

Más de ocho pares de ojos enojados, anonadados y estupefactos, miran al jefe ante la abrupta noticia.

-¿Sabías que alguien iba a morir? -pregunta York en tono de desprecio.

Samael no sabe si actuar enojado, ofendido o arrepentido ante tal acusación. *Creo se equivocó. Sacrificar personas es más cosa de Zack y no se lo dice a todo el mundo.*

-Bueno, este... -tartamudea Ashley- era una posibilidad remota. Bueno, bueno, no vayan a llorar, era necesario que hiciéramos eso. Todo lo hicimos por el plan. *Por sólo un segundo se vio débil, supo cómo contestar sin que se le vinieran encima.*

-¿Que murieran dos personas era parte del escape? -interroga sutilmente Ladbroke.

Al escuchar tal difamación, el diablo le suelta tal golpe en la mejilla izquierda al secuaz, que lo tira al piso.

-¡Cretino malnacido! ¡¿Qué crees que haces?! -le grita un policía desconocido, metiéndole un golpe en el estómago- ¡Es tu primera y última advertencia, imbécil! ¡Vuelve a hacer algo como eso y terminarás en aislamiento!

Mientras Pablo y Zeke ayudan a que se levante Ladbroke, el resto observamos al jefe sobándose el abdomen. *¿Por qué su repentino ataque? Sé que tiene que demostrar que sigue siendo el dueño soberano pero ¿por qué hacerlo cuando hay más guardias en la zona?*

Cuando el policía se aleja, escupiendo a su lado, corro para ayudar al jefe.

-Hey, calma -le susurro- Eso fue estúpido y arriesgado.

-¡Déjame en paz!

Al recuperarse por completo del golpe, estalla:

-¡Ustedes no entienden, ¿verdad?! ¡Ese chico hubiera arruinado nuestros planes por completo! ¡Teníamos que hacerlo! ¡A menos que quieran permanecer en este putrefacto lugar, deberían de concentrarse en el gran cuadro en lugar de lamentarse la muerte de Hume! ¡Él fue voluntario para hacerlo! -baja su tono- ¡Para pasado mañana nosotros podríamos ser libres! ¡Sólo confíen en mí!

*Ja, este idiota se está pareciendo a Zack, con sus discursos ingeniosos y preparados. Me pregunto qué estará haciendo...*

-Lo lamento, señor -dice Ladbroke-. Hume era un buen amigo mío, me dejé llevar por la rabia. Le juro que no volverá a suceder, de ahora en adelante seguiré al pie de la letra sus órdenes.

Por su cara, parece que hay un poco de resentimiento en su disculpa. La cara de los demás también sugiere que no están tan contentos pero se conforman por un rato.

-En fin, ¿para qué requiere el encendedor y la soga? ¿Qué más ha encargado? -pregunto con intriga. *¿Qué se supone que ha planeado este güey?, espero que no se interponga con mis planes...*

-Quería aerosol en lata y un cuchillo. *El encendedor con la lata hubiera sido un arma muy útil y mortal.* Quería un mensajero.

*¿¿¿???*

-Y eso último, ¿como para qué? -pregunto con más intriga y un poco de sarcasmo. *Este imbécil ya se deschavetó.*

-Para llevar la contestación de la carta a su emisor original.

-¡¿Y quién es ese?! -exclamo.

-El guardia Gail.

## 34

*¡Qué, qué! ¿Cómo? ¿Gail le hizo llegar una carta? ¿Con un plan? ¡Jamás nos habían entregado nada directamente, nunca se arriesgan a ser descubiertos! ¡¿De dónde demonios sacó eso?!*

-¡Oigan, inútiles! ¡¿Por qué no están trabajando?! -pregunta un guardia, gritando desde su torre.

-Nuestra cuota ya fue cubierta -exclama cortésmente Samael.

-¡Ah, pero qué bonitos niños cumplidos! ¡No sé si sabían idiotas, pero hoy no hay tiempo libre! ¡Pónganse a trabajar! ¡Víctor, asegúrate que todos terminen el día en sus deberes!

-¡John! -grita el gorilón- Ayúdame a revisar la clave de todos y a mandarlos a la zona que les corresponde.

-Reo dos, siete, siete, seis, diez, A. Te corresponde estar en la zona de la basura. Termina veinte kilos para tu cuota -me dice el compinche y amigo de Vicky. *No recuerdo haber escuchado a este güey hablar antes.*

-Albert, nos tocó a los dos allá. Vamos, pues -exclama emocionado Samael mientras se dirige a paso veloz al lugar más putrefacto y desagradable de la Ciudadela.

*¡Veinte kilos! ¿Cuánto quiere que esté aquí? ¡¿Diez horas?!*

Mientras nos dirigimos a nuestro destino, observamos el patio de juegos en acción. Todos se encuentran en alguna actividad mientras los guardias vigilan. *Tuvimos suerte al tener un corto descanso. Parece que sí se tomaron muy en serio esto del asesinato, espero que no descubran que fuimos nosotros. No, espera, "nosotros" no, el diablo...*

Trabajamos durante una hora en silencio, sofocados por el nauseabundo olor que emanan los desperdicios que agrupamos y empaquetamos en pequeños cubos.

-¿Cómo vas, Samael? -pregunto.

-Creo que voy a vomitar. La basura de hoy está peor que antes; llevo la mitad y siento que tengo que quemar mis manos en cuanto salga de aquí.

*¿Quemar...? ¿Encendedor...? ¿Le podré preguntar...?*

-Ps, oye -susurro-. ¿Qué es todo eso del escape y las cosas que necesitas?

-Son parte del plan, de la carta. La cuerda será para descender por la pared; el cuchillo hubiera servido para desconfigurar las puertas de acceso y abrirlas, también para Price; el aerosol junto con el encendedor es bastante obvio -afirma en tono muy bajo y con cara de maldad.

*Ja, ¿en serio creyó que con cuatro cosas podría escapar de un lugar como éste? Además, ¿de dónde pretende que Snake saque todo eso? Por más buen traficante que sea, ese tipo de cosas no las podría acceder ni solicitar, el costo sería su vida.*

-¿No habías dicho que conseguiríamos las tarjetas de acceso de Price? El cuchillo no creo que pueda desbloquear una puerta de seguridad, ¿o sí?

-Shh, baja tu maldito volumen. Sí, pero habría sido más fácil acceder con el arma a través de las puertas, porque si no nos encontramos con el Capitán antes será difícil movernos libremente. El cuchillo por sí solo no funciona. Lo tienes que calentar de la punta, así fríe los circuitos, genera un corto, y abre la puerta.

*¿¿¿???*

-Mmmm... ¿De dónde sacaste todo eso? -cuestiono inocentemente.

-De la carta, no creas que ya sabía todas esas tonterías. Ja, nunca hubiera pensado que nuestro aliado fuera tan inteligente -responde, mientras saca de su zapato un pedazo arrugado de papel higiénico.

*¿Gail inteligente y planeador? Algo no me cuadra...*

-Mira, lee con cuidado, no tiene buena letra. Yo te cubro mientras tanto, no demores -me dice, entregándome el pedacito de papel.

Para leerlo, finjo tener una agujeta desabrochada y me inclino detenidamente en la pequeña parte blanca, cuyo contenido incierto está escrito a lápiz:

*Esto es muy fácil, ya he terminado de preparar todo. Tu fuga ya está planificada. Consigue: cuerda, encendedor, cuchillo y aerosol. Es muy importante que no te descubran, todo hazlo bajo la mesa. Mata al chico nuevo... puede arruinar las cosas. Inicia la revuelta en la zona cero, a las cuatro del martes. Distrae a los guardias con tus lacayos. Habrá un hoyo en la pared, no corras por él. Tu jefe te espera en la pared Este. Utiliza el arma y el fuego para quebrar las puertas. No me busques, no me volverás a ver. Trata de no revelar nada, sólo*

*Albert te puede ayudar. Adúéñate de los administrativos, busca el archivo, quémalo, mata al Capitán. Baja primero, tal vez no quede tiempo. Utiliza cualquier cosa que tengas, todo te será útil. No te olvides de pasar al bloque X, es de vital importancia que...*

-¡¿Qué tienes ahí, imbécil?! ¡¿Es dinero o una fotografía?! ¡Dámelo, idiota! -me grita un guardia, poniéndose justo de frente, arrebatándome la carta de las manos.

Volteo a ver a Samael, se encuentra pálido. Al igual que yo, sabe que estamos en apuros.

*¡¿Qué no lo vio venir?! ¡¿Qué hago?!*

El guardia cambia su cara radicalmente: de estar esperando una mujer encuerada en una foto, descubre el plan de un escape hecha por un oficial. Al igual que nosotros, primero palidece y después desenfunda su rifle, apuntando directamente a mí.

-¡Muévanse, idiotas! ¡Caminen hacia la pared!

## 35

*¡¡¡¿¿¿Q ué hago???!!!*

-Señor, déjeme explicarle…

-¡Cállate, sabandija de porquería! ¡No quiero saber nada! ¡Los dos, rápido, muévanse, eligieron un muy mal día para sus estupideces! -nos grita el guardia.

*¡Se supone que sólo vendría aquí por información! ¡¿Qué pasará?! ¡¿Cómo me zafo de ésta?!*

Comenzamos a andar lentamente por el patio de juegos con la mirada inquieta, y pálidos de pies a cabeza. El oficial va con el rifle preparado, atento a nuestros movimientos.

-¡Esperen aquí! -nos grita- ¡Oficial Valentine, venga un segundo! -dice por su radio.

Volteo a ver a Samael mientras el susodicho aparece, sus labios articulan la frase "lo siento".

-¿Qué pasa, Bill? ¡Espero que sea importante! -escupe "Valery" con un semi jadeo por haber corrido desde quién sabe dónde.

Sin decir una palabra, el ahora conocido oficial le entrega el pedazo de papel. Mientras el policía en jefe lo lee detenidamente, el guardia nos vuelve a apuntar con su rifle.

-Qué… interesante es esto. ¿De dónde lo han sacado?

-Lo encontré, señor -le miento-. Estaba tirado por ahí y lo recogí.

-¿Lo leíste? -interroga Valentine.

-Casi nada.

-¡Mentira! ¡Lo vi agachado por más de un minuto! ¡Pensé que estaba amarrándose las agujetas o algo por el estilo, pero por su tardanza intuí que había algo raro! -exclama el otro policía.

-¡Intentaba leerlo, sí! ¡La horrible letra no me lo permitió! -exploto, sin sonar ofensivo.

-Que lo hayas leído o no, creo que no tiene importancia. ¿Sabes para quién es? -vuelve a preguntar Valentine.

-No, la carta no tiene destinatario. Pensé que era un especie de poema o carta de amor.

Los dos guardias piensan si lo que les acabo de escupir es cierto o puras patrañas. Samael no dice ni una sola palabra ante tal red de mentiras.

-Ya te había dicho reo dos, siete, siete, seis, diez, A, que la próxima vez que supiera de ti estarías muerto. ¡Andando imbéciles, rumbo a la Ciudadela!

*¿La Ciudadela? ¿Por qué hacia allá? Creí que nos llevarían a la pared. ¿Nos libramos de ésta? No, no puede ser tan fácil. Por más creíble que fuera mi historia, en la mano lleva un plan de escape. Además ya me había amenazado de muerte, parece que se va a cumplir. A menos que esto sea ideado por Zack, estoy muerto...*

Nos movemos a paso veloz directo hacia nuestro "hogar", solamente acompañados de Valentine, quien parece estar muy sorprendido ante la carta y mis respuestas.

-¡Deténganse ahí! ¡No pueden acceder sin pasar por revisión! -nos grita Barret en la entrada.

-Vamos con prisa, déjalos pasar. ¿No era hoy tu día de descanso? -pregunta el oficial.

-Mmmm… Sí, pero me iré de vacaciones pronto y estoy adelantando turnos -contesta dudosamente.

Después de una simple afirmación de cabeza continuamos nuestro recorrido hacia algún lugar, esperando que no sea mortal.

-¡Maldición! Se me olvidaron las esposas. ¡Rápido! ¡Voltéense!

Sin queja o exclamación alguna, el diablo y yo ponemos las manos en la espalda y giramos ciento ochenta grados para que el guardia despistado nos ponga nuestras respectivas cadenas.

*Valentine es de los más rudos del lugar. ¿Por qué se comporta así? ¿Qué tanto le cruza por su mente para que no se acuerde que viene con dos reos y que ésta es una prisión?*

Entramos al comedor, que sorprendentemente se encuentra "limpio", y tomamos una entrada a la cual jamás había accedido.

-Disculpe, oficial. ¿Nos dirigimos hacia el bloque Z? -pregunta Samael.

-¿Qué no se llega desde mi bloque de celdas? -interrogo.

-¡Par de metiches! ¡Vamos a dejarte en tu celda, reo cuatro, cinco, uno, uno, quince, A! ¡La ruta les viene valiendo madres! ¡Dejen de hablar!

Accedemos a la "casa" de Lucifer, mientras el distraído oficial le quita las esposas.

-Descansa unos momentos en lo que llegan los demás, falta poco para que suene la alarma.

Sin una respuesta o confirmación, nos redirigimos hacia otro acceso desconocido.

-Oficial Valentine, ¿a dónde nos dirigimos ahora?

-A ver al Capitán Price, él decidirá qué hacer contigo.

# 36

Sin decir más, avanzamos por muchos pasillos y accesos para llegar con el temido capitán, que en tan sólo unos días pasó de golpeador a cómplice, además de tener a Zack encerrado con él.

-Ya has visitado las torres, ¿cierto? ¡Entonces sabes que si alguien se llega a enterar de tu estadía en ellas, te mueres! Vamos a acceder por una torre que desconoces, ¡así que no hagas ni un ruido! -me grita Valentine, colocándome una capucha negra en mi rostro y poniéndose detrás, para poder guiarme en mi caminata a ciegas.

*No entiendo. ¿No me iba a llevar a ver a Price? ¿Por qué nos vamos por las torres en lugar de ir directamente a su oficina?*

Con los ojos tapados y el rifle indicándome que avance, nos encaminamos por una escalera de caracol hasta que la tenue luz de lo que queda del día me deslumbra un poco.

*Cómo se pasan las horas en este infierno. Entre el trabajo y la adrenalina las horas vuelan. Parece que ya casi anochece.*

-¡Quédate aquí, cretino! Enseguida vuelvo -me escupe el guardia, desconcentrándome de mis especulaciones sobre la hora.

*¿Me dejó solo? ¿Sin custodia alguna en las torres? No puede ser...*

-No intentes nada estúpido, reo de porquería. Aunque Valentine se haya ido no significa que puedes quitarte la capucha ni nada -me dice una voz desconocida, proveniente de un oficial cercano.

Pasan como cinco minutos de incertidumbre y silencio. A excepción de unos cuantos golpeteos metálicos de parte de las esposas por la incómoda posición, nada se escucha, ni el guardia amenazante que me vigila.

*A Valentine se le olvidó por qué venimos aquí, quién sabe qué le pase pero está actuando de forma muy extraña.* De pronto, alguien me devuelve la vista y sorprendentemente el Capitán Price está justo enfrente.

-¡Ya no sé si gritarte, golpearte o felicitarte! ¡Eres un pedante y un bruto de lo peor! ¡Tienes que contarme exactamente qué fue todo eso! ¡Pero no aquí! ¡Acompáñame, imbécil!

Sin esperar una respuesta, el jefe de seguridad bipolar se encamina a paso veloz a algún sitio en el que se pueda platicar, *¿o golpear? Ya no entendí...* Para variar, acabamos deteniéndonos en la misma torre en la que presenciamos el asesinato del reo.

-Señor, dígame qué quiere saber.

-¡Cállate! Antes de que digas algo, quiero felicitarte por tu excelente trabajo.

*¿¿¿Eh???*

-No sé de qué habla...

-Ja, modesto el buen Albert -dice, soltando una carcajada.

*Creo que la bipolaridad de Price le acaba de ganar a la de Zack. Este idiota me felicita como si acabaran de promoverme en el trabajo.*

El Capitán, al darse cuenta de mi desconcierto, deja de reírse y exclama:

-¿En verdad no sabes de lo que hablo? Pensé que eras más listo.

-Señor, mejor usted pregunte y yo le contesto. *Loco...*

-Me parece lo correcto. ¿Cómo te fue allá abajo? -me pregunta, recargándose en el barandal de la torre, con cara de sarcasmo.

*Creo que ya sé por dónde va esto...*

-Mmmm... Confirmé lo del asesinato. Zack era su objetivo y sí se quedaron con la idea de que está muerto. Los oficiales se pusieron muy rudos, no nos permitieron hacer descansos y nos impusieron doble trabajo -le confieso, omitiendo la parte de Samael. *Obvio que está enterado...*

-Sí, ya sé, le dije a Valentine que pusiera el doble de seguridad y eso, una vez más, fue para demostrar mi superioridad ante ustedes, bola de vagos sin futuro.

*¿Me río o qué?*

-¿Qué pasó con tu jefe, el llamado "señor de la cárcel" tiene algo en mente, un plan? -pregunta descaradamente. *Si ya lo sabes para qué preguntas...*

-Samael se piensa escapar, como ya le habíamos dicho. Ahora tiene pruebas irrefutables de eso. Me mostró una carta con las instrucciones específicas de cómo lo va hacer. La cual tiene en su bolsillo -le contesto audazmente, desaprobando su insinuación de mi estupidez.

-¡Payaso! ¿Te quieres parecer al chico nuevo, verdad? Excúsame decirte que estás vivo gracias a él.

*¿¿¿???  ¿Qué tiene eso que ver?*

-¿Gracias a él? ¡Yo fui el que estuvo abajo y tomó los riesgos! ¡A mí me han dado la carta, no a él! ¡Zack no tuvo nada que ver en todo esto! -exploto.

-¡Y a ti te la han cachado, imbécil! ¡Bajo una circunstancia normal, estarías muerto o en mi cuarto privado siendo torturado, criatura inmunda! -grita también.

-¿Normal? ¿Qué quiere decir con eso? -le pregunto en tono muy calmado. *Si ellos pueden jugar a la bipolaridad, yo también.*

-El chico nuevo nos alertó de lo que pasaría.

-¡¿Que pasaría qué?!

-¡Lo de la carta! Nos dijo que algún policía le hablaría a Valentine para mostrarle un plan de escape, ¡arrancado de tus manos! -me grita, picando con fuerza mi pecho con su dedo índice.

-¡Él previno esto y te ha salvado el pellejo! Al principio no le creímos; después nos dejó muy sorprendidos, incluso Valentine sigue en shock. No nos cabía en la mente que en verdad Zackary viera eso venir.

*Ja, ja. ¿Impresionados? Convivan un rato más con él y verán. Novatos...*

## 37

-¿Qué tiene que ver eso con que me haya salvado? ¿Por qué lo dice? -pregunto desconcertado ante la insinuación de Price.

-No creo que lo sepa, pero cuando nos dijo lo del oficial y la carta, además de reírnos, Valentine les informó a los guardias que te echaran un ojo en caso de que tuviera la razón.

*Okay... Eso me suena a planeado.*

-Si un guardia cualquiera te cacha una carta como esa, tendría el permiso de asesinarte dentro de su criterio, o peor. Ellos tienen el privilegio de aplicar crueldad para infundir miedo y evitar motines. Una táctica que, aunque no esté aprobada por el gobierno, funciona -revela, enorgulleciéndose de su inteligencia.

*A este güey le encanta contarnos cosas sobre el funcionamiento de la prisión. ¿Creerá que nunca saldremos de aquí, o cómo? No aprobada por el gobierno... ¿Eso cómo le funciona? Si ejecuta a un reo tiene que haber un acta de defunción y papeleo ¿no? Tal vez para eso sirvan los administrativos...*

-¡Imbécil, te estoy hablando! ¡Es que no me has escuchado, animal! -grita el capitán, sacándome de mis pensamientos indagadores.

-Sí, señor. He entendido cada palabra que me ha dicho, pero tengo una pregunta: ¿Dónde está Zack? ¿Por qué me ha citado arriba y no en su despacho?

Desconcertando al capitán con mi cambio de tema, quita su cara de orgullo dominante y contesta:

-El reo dos, siete, siete, seis, diez, B, se encuentra custodiado en mi oficina por Valentine. Quería hablar contigo a solas antes de que el chico metiera su cuchara, muchas veces parece que tiene ensayada la conversación. Quería saber la verdad antes de ser manipulada o transformada por Zackary.

*Entonces no estoy loco, puede que la hipótesis que planteé hace rato sea creíble después de todo...*

Bong. Bong. Bong.

Suena la alarma de la finalización de los trabajos diarios y toda la Ciudadela se desplaza al interior, lentamente y con muchas filas.

-Mira, ahí está el séquito del tarado ese. Supongo que el líder está en su celda -dice, cambiando desinteresadamente el tema.

-Sí, lo dejamos allí. ¿Qué le harán ahora que ya saben lo que se propone? ¿Qué pasará? -cuestiono, indagando en el futuro del diablo.

-Lo sigo pensando. Zack me ha propuesto algunas alternativas pero nada es seguro.

-¿Y si lo mata?

-¡No es tan sencillo, Albert! No tenemos motivos suficientes ni evidencia que pruebe algo como para matarlo -me grita.

-¿Y la carta? ¿No prueba nada? -interrogo.

-¡¿Sin destinatario?! ¡La carta no empieza con "Samael"! ¿O sí?

-La carta está a lápiz, podría implantarle el nombre sin problema o...

-¡No se puede! ¡Eres demasiado estúpido como para comprender que no puedes hacer eso! ¡Es difícil matar a alguien como él! Zackary lo había dicho antes. Pensé que también sabías que tu jefe tiene poderes, un poco de inmunidad por así decirlo. Se lo ha ganado por sus servicios de soplón de casi un año, además de sus contactos con el exterior. No es tan fácil como parece.

*Mmmm... ¿Zack lo había dicho antes? Ah, sí, cuando me corrió de la sala para salir a hacer el trabajo sucio.*

-Entonces, ¿qué va a hacer? Iniciará una fuga mañana...

El capitán, después de un rato de mirar al patio o al horizonte, voltea a verme.

-¿Sabes?, hace un par de horas no creía nada de esto; los iba a matar por andar de chistosos. Incluso ayer le quebré el brazo al mocoso ese por haber hecho la estúpida insinuación del complot, del motín. Simplemente no lo concebía. ¡No se me hace lógico nada de esto! ¡¿Por qué justo cuando llega Zackary pasa todo esto?!

*Maricón... Parece que va a llorar.*

-No lo sé, señor, supongo que fueron las circunstancias las que lo revelaron. Creo que lo de Steve dio la pauta para sacar el tema -le miento, conservando la fábula del supuesto escape de Samael.

Price se queda unos segundo analizando mi contestación, mira a todas partes mientras el crepúsculo cae y se inunda con un silencio sepulcral.

-Entonces, ¿ya cree en lo que dijo el chico? ¿Piensa hacerle caso? -pregunto inocentemente.

SALVADOR A. VILLANUEVA BEK

-Mira, idiota, recuerda que sigo siendo el maldito que ya te metió dos palizas. No te tomes confianza conmigo, no somos amigos.

-Lo sé, señor, si soné ofensivo pido disculpas.

*Pinche loco...*

-Pero bueno, imagina mis circunstancias: un sábado cualquiera mi más preciada pieza viene a su reunión semanal y me dice que habrá una fuga. Al otro día me llega una carta con una lista de personas que se van a escapar, entonces cito al que me envió dicha carta. Cuando platico con él me dice que el que la organiza es mi más preciada pieza, quien ya me había dicho lo mismo pero él no está involucrado. De inmediato estallo y mando a volar al pequeño cretino. Un rato después descubro que hay un guardia que ayuda a Samael a contrabandear cosas. *¡Qué! ¡¿Quién?!* Cito de nuevo al idiota éste para platicar mejor y justo matan a alguien idéntico a él, diciendo que mi pieza ya se va a escapar y que lo mató para que no obstaculizara. Y para terminar de confirmar todas mis dudas, ¡aparece una carta contigo y con Samael de un escape proveniente del mismo guardia! ¡Obvio ya creo en lo que dice el mocoso imbécil! ¡¿Qué otra pinche prueba necesito?!

*Tiene razón, demasiadas coincidencias. No puedo creer que alguien sea capaz de planear todo esto. Hay demasiadas cosas al azar. ¡Espera! ¡Qué! ¡¿Cómo que del mismo guardia?! ¿Cacharon a Gail justo un día antes? ¿O cómo?*

-Señor, ¿a qué se refiere con lo del oficial?

La cara de desconcierto cambia radicalmente con mi pregunta a un enojo gigantesco.

-¡Qué irónico que preguntes, animal!

¿¿¿???

Descarga su furia y me suelta un golpe en el estómago, haciendo que me desplome en el suelo, sin posibilidad de sobarme por culpa de mis manos esposadas en la espalda.

-¡Awww! ¡Pero qué…! ¿Por qué me pega? -pregunto desde el suelo.

-¡Porque recordé que el cerdo reo asesino que tengo enfrente es el culpable de todo esto!

-¿De qué… habla? -exclamo inquieto y con dolor en el abdomen.

Con la misma cara de rabia, me levanta de los brazos como si pesara una pluma y dice:

-¡Hablo de que tú causaste esto, es tu culpa que las palabras del malnacido ese tengan lógica!

-¡¿Y cómo logré eso?! -exploto con tono de desesperación, mientras me coloca de vuelta en el piso.

-¡Ahorita lo verás! -me agarra fuertemente del brazo- ¡Iremos al Bloque X!

## 38

*¿A* dónde? *¡¿Por qué iremos a ese lugar?! ¡El que lo quería conocer era Zack, no yo! "Si entras, no sales...",* dijo Price. *¡¿Qué es lo que ahorita veré?!*

Sin protesta alguna, y con mi brazo torcido, nos encaminamos a la torre del área administrativa para acceder a la oficina del capitán. *Si veo al chico nuevo le voy a preguntar qué coños está pasando.*

Bajamos por la escalera de caracol de su pequeño acceso secreto en la que supuestamente tortura gente para obtener información, en la que apenas ayer se encuentra, *o se encontraba...* "la misionera".

-¡Valentine! ¡¿Dónde rayos está el reo dos, siete, siete, seis, diez, B?! ¡Estaba aquí hace media hora! ¡¿Te lo llevaste a algún lado?! -le interroga a la nada al entrar en su despacho y observar la silla vacía.

-¡Señor! Usted me ha dicho que no debe pasar el último toque sin que estén todos en sus celdas. Me lo he llevado de vuelta al bloque T -replica el guardia.

-¡¿Y por lo menos lo cubriste con una capucha?! ¡Se supone que nadie debe de saber que está vivo!

-Claro que sí, capitán. Me he asegurado de que ni los administrativos lo vean.

Price deja de alegar con el guardia y continúa con su travesía embramada al bloque X, tirando con más fuerza de mi brazo.

-Disculpe, señor, ¿no quiere que yo me encargue de éste otro?

-¡No, idiota! ¡Yo me desharé de él! ¡Vamos a que conozca lo que ha ocasionado en estos días!

*Desharé... ¡Desharé...! ¡¿Qué demonios soy, basura?!*

-Regresando me das el informe general sobre cada cuadrante. Espero no haya más sorpresas, Valentine -dice, volteando a verme en la última parte.

Tira de mi brazo y patea su propia puerta para pasar más deprisa. *¿Todo esto es actuación de intimidación o en verdad está enojado?* Los oficinistas emiten un pequeño suspiro y continúan con su labor.

Deslice... Bloque de celdas de Samael en perpetuo silencio.

Deslice... El temido y misterioso bloque X.

*¿Qué podrá estar dentro de tan angustiante cuarto? Todos se enojan y preocupan cuando alguien lo menciona pero, ¿qué mierdas veré o con qué me encontraré? ¿Será esto lo que quería enseñarme hace rato y "necesitaba fuerzas"?*

Price introduce una pequeña llave metálica dentro de la ranura de la puerta blanca y abre.

*¡¿Pero qué...?!*

Con una petrificante luz roja y un hedor nauseabundo, vislumbro dos siluetas sentadas con la cabeza agachada, alumbradas únicamente por la gran caldera que se encuentra detrás de ellos. A su lado derecho hay una mesa con instrumentos de mecánico. En la pared derecha veo unos viejos archiveros negros, del lado contrario un ordenador anticuado con la pantalla encendida

*"No te olvides de pasar al bloque X, es de vital importancia que..."* ¡Carajo! *¿Por qué no terminé de leer esa carta? Podría aprovechar y hacer lo indicado. Bueno, si es que salgo de aquí... ¿Podría ser planeado por Zack?*

El capitán me coloca delante de los dos cuerpos y mientras les quita las capuchas grita:

-¡Ves lo que provocas, animal! ¡Mira lo que me veo obligado a hacer! -escupe, revelando la cara de Gail y Smith, sangradas y cansadas.

*¡¡¿¿¿???!!!*

-¿Qué... estás haciendo... aquí? -gime el compinche guardia de seguridad.

-¡Es quien te delató! ¡Esta sabandija sucia fue la que te traicionó con Smith a cambio de un nombre sin importancia!

*Esperen, esperen... ¡¿Qué?! ¿Por qué los tiene como en una cámara de tortura? ¿Qué les está haciendo?*

-Ya le... he dicho... todo lo que platicamos... señor. No... reveló... más -dice entre sollozos el oficial de la torre, quien a duras penas forma una frase.

*¿Le falta un diente? ¡¿Y un pedazo de labio?! ¡¡¿Pero qué...?!*

Sin preguntarme, Price me sienta en una silla giratoria justo frente a ellos.

-¡Maravíllanos, Albert! ¿Desde cuándo Gail es un contrabandista? ¿Qué tanto sabes?

-¡Señor, le... juro que...! -exclama Gail, siendo silenciado por un fuerte golpe en la mejilla izquierda.

-¡No te he pedido que hables, idiota!

*¡¿Qué le respondo?! ¿Por qué tanto drama con el entorno? ¿No podría pegarles en su oficina y ya? ¿Tiene que armar todo este teatro?*

-Capitán, el oficial no es un contrabandista. Usted los checa diariamente al entrar o salir, sabe que no le proporcionamos objetos, ni viceversa. Sólo es más empático con nosotros.

-Ja, ja, ja. Eres un completo mentiroso, ya hasta te pareces a Zackary con tus discursos bien elaborados. ¿En verdad piensas que voy a creer que el guardia que está planeando un escape no les ha pasado cosas a escondidas? Si no, ¿de dónde saldría el C-4?

*Se me había olvidado ese pequeño detalle. ¿Cómo piensa fingir o hacer una explosión mañana Zack? ¿Será posible...?*

Antes de que pueda hablar, el verdadero diablo toma un desarmador de la mesa de instrumentos y se lo encaja con dolo al pobre Gail en la pierna derecha.

-¡¡¡Awww...!!! -grita el guardia.

-Señor, ¡explíqueme la situación! ¡¿Qué es todo esto?!

-¡Esto se reduce a que tú conspiraste con el bastardo de Smith para obtener información! ¡Traigo al carcelero traidor para interrogarlo y resulta que está planificando un escape! ¡¿Qué más me queda que torturarlos?! ¡Aquí hay algo que no me están diciendo y eso merece castigo!

*¿Para eso sirve este cuarto? ¿Para desarraigarles lo que les queda a estos pobres oficiales? ¿Por qué no los encierra junto con "la misionera"?*

-¡Le juro… le suplico… piedad! ¡No hay… más! -exclama con esfuerzo el guardia Smith.

*¡¿Cómo los ayudo?! ¡Se ve que ya no pueden más!*

Al escuchar la respuesta, el despiadado capitán se dirige a su mesita, toma unas pinzas que agita amenazadoramente y se coloca frente a su suplicante víctima.

-¡Espere! ¡Ya no les haga daño! ¡¿Qué es lo que busca?! ¡Tal vez yo pueda ayudarlo! -le grito, distrayéndolo de sus pensamientos malévolos.

-¿Ah, sí? ¿Crees que lo sabes todo? ¡Pues, bien! -mofa, dejando su arma de tortura en la mesa y acercando una silla de quién sabe dónde- ¡Dime, Albert! ¿Qué tanto sabes del plan de Samael y Gail? Dame algo para salvarlos.

-Mire, señor, no terminé de leer la carta que mandó el guardia pero lo que alcancé a leer me desconcertó mucho. Lo que no entendí seguro mi jefe lo sabe, al fin y al cabo él se congració con usted mucho tiempo atrás y tiene más conocimiento que yo sobre este lugar. En la carta quedaba claro que Gail ya no volvería a ver a Samael, creo que toda la fuga ha sido planeada por su propia mano y la de su jefe allá afuera, el narcotraficante. Recuerde que el chico dijo que los explosivos ya fueron plantados, no creo que el guardia haya participado en esto. Lo que hizo fue pasar el mensaje del verdadero planificador, no merece lo que está sufriendo. El que debería estar sentado aquí es el reo, no los guardias -contesto audazmente.

*¿Me creerá? Tal vez se libren por un rato. ¿Es legal lo que está haciendo?*

Price busca dentro de su diminuto cerebro alguna posible solución al conflicto mientras da vueltas por la habitación. La contestación que le he dado le perturba unos segundos hasta que replica:

-Demasiadas coincidencias en todo esto, Albert. Ponte en mi lugar. ¿Qué harías tú si tuvieras un motín en manos a pocas horas de distancia? Por más que traiga a la brigada antimotines, no es algo bueno para mí o la reputación de la Ciudadela a menos que lo aplaque rápidamente. ¡Tengo que encontrar una solución y tú no haces más que confundirme y calmar las cosas!

-El... reo... tiene razón. No... sabemos nada... sobre planes o... cartas -contesta Gail, contradiciendo al capitán y sus especulaciones.

*¿Será todo esto cierto? ¿Habrá mandado Zack la carta? ¿Pero cómo? No, no creo. No dejaría que torturen a un inocente guardia, aparte, ¿cómo lo sabría? ¿Cómo coincidiría con el descubrimiento? Sería demasiado... aunque el oficial moribundo parece decir la verdad. Tal vez todo esto siga siendo parte de su plan. Lo que no comprendo es el para qué...*

-¡¿Cómo no vas a saber nada sobre una carta que tú escribiste?! ¡Eres la mente brillante de todo esto! ¡Lo estás ayudando en contra de lo que juraste proteger y servir! -grita Price, colmando su paciencia hasta el límite.

-Señor... yo le he... servido durante mucho tiempo... y sé que... lo que pasa... en este lugar... se queda aquí... ¿Por qué no... acabamos con esto... de una vez? Si no le... hemos dicho más... es porque no lo hay... por piedad... libérenos -le dice entre quejidos el guardia que conocí en la torre.

SALVADOR A. VILLANUEVA BEK

-Tiene razón, oficial Smith, no creo que tenga más información que darme -dice el torturador mientras toma un cuchillo de su mesita- ¡Oficialmente lo relevo de sus acciones y responsabilidades como guardia de seguridad! -grita, deslizando la afilada hoja por el cuello de su víctima.

*¡¡¡NO!!! ¡¿Qué ha hecho?!*

No puedo evitar que se escurra una lágrima por mi mejilla mientras veo el cadáver de tan joven e inocente persona, quien su único crimen, fue darme la mano.

## 39

¡Capitán! ¡¿Qué ha hecho?! -grito con rabia.

-¡Cállate, Albert! ¡No entiendes porque eres un estúpido reo! ¡Smith sabía las consecuencias de sus actos y lo que pasaba en este cuarto! ¡Su destino estaba sellado en cuanto entró aquí! -me replica, gritando más fuerte.

*¡¡¿Y entonces qué carajos va a pasar conmigo?!!*

Price levanta con fuerza el cuerpo del oficial, lo arrastra a la gran caldera que está justo en frente, lo sube, y lo introduce al vivo fuego de tan grande chimenea, cerrando su compuerta al terminar.

-No te tengo qué explicar sobre este putrefacto lugar, así que no preguntes. ¡Solamente contesta lo que te pido! ¡¿Entendiste, estúpido?!

-Sí, señor -respondo, todavía con el nudo en la garganta.

*¿Cómo es que este desalmado acaba de asesinar a alguien y se comporta como si nada? ¿Qué no siente piedad alguna por el guardia que acaba de liquidar e incinerar?*

-Cuéntame, ¿qué ocurrirá mañana? ¿Cómo pasará? Dado que este imbécil no me quiso decir nada, necesito que amplíes mi panorama -dice, sentándose de nuevo en su silla.

-Justo hace rato estábamos platicando de eso, lamentablemente había demasiados oficiales como para hablar abiertamente. No me dijo cuándo accionaría los explosivos, pero estaba comentando las tácticas que utilizaría para evadir guardias. *¿Qué estoy diciendo?* Y algo sobre los materiales que necesitaba...

-¡No te detengas, inútil! ¡Ya es tarde y seguimos aquí! -exclama, volteando a ver su ostentoso reloj plateado.

-Trató de conseguir un par de estupideces para "escapar" -me mofo-, las que vienen en la carta. Léala, seguro usted entenderá su función.

*Ya sé para qué son los artilugios que pidió, pero capaz de que el idiota éste termina de leer la dichosa y misteriosa carta.*

Price se queda pensando un par de segundos hasta que reacciona y saca la carta de su bolsillo. *¡Ja! Sabía que la tenía ahí.* La observa con cuidado y después de leerla la guarda de nuevo. *¡No!*

-¿Y? ¿Capta para qué sirven? -pregunto desinteresado.

-Son objetos que jamás entrarían en mi Ciudadela. Dudo que los haya conseguido, tengo cautivo a Gail desde hace un rato.

*¿No sabrá que Snake existe? ¿O que hay otros guardias que nos ayudan?*

-Aunque, aquí no explica para qué son. ¿Te explicó Samael algo de esto?

-No sé qué pidió, señor, pero puede que entienda algo -respondo, haciéndome el inocente.

-¡Se me olvidaba que estoy con el sabelotodo Albert! ¡El todopoderoso "salvador" que vino a salvarme! ¿Verdad? ¡Pues lee la estúpida carta y trata de servir un poco, pedazo de porquería!

-escupe, sosteniendo el papel en mi cara, justo al alcance de los ojos.

*Salvador que vino a salvarme... Creo que su estupidez está rebasando su bipolaridad.*

Alejándome un poco de su mano, para enfocar mi vista, distingo la letra y leo la parte del final:

*No te olvides de pasar al bloque X, es de vital importancia que destruyas el ordenador, solo así serás libre. Prende en llamas todo lo que puedas, destruye cuanta cámara veas, quema los videos y recuerda lo de la llave y la tarjeta, sólo así lo lograrás.*

*Gail.*

*¿¿¿??? Está más confuso que la primera parte.*

Volteo y observo el ordenador que está a mi izquierda. *¿Destruirlo? ¿Por qué tiene importancia?*

-¡Concéntrate, idiota! ¡Estamos hablando de los objetos, no de lo demás! —exclama bruscamente al darse cuenta de mi interés en el viejo ordenador.

-Cuerda, encendedor, cuchillo y aerosol. Mmmm... creo que busca armar una revuelta mañana con todo ese fuego. Tal vez use la cuerda para matarlo, señor -le miento, distrayéndolo para que continúe creyendo en lo que dijo Zack.

*No sé si la carta fue escrita por el chico o por el guardia, pero debo seguir apegado a la idea original: la explosión en la pared para Price y la del rapel para los reos.*

-Quién sabe. Suena a que intentarán huir por mi oficina, que pasarán por los administrativos y demás -contesta calmadamente- ¡No puedo creer que Zackary tuviera razón! ¡Yo esperaba que se equivocara en algo! ¡Es demasiado! ¡Ahora ya no podré liquidarte! -explota de la nada.

*Totalmente de acuerdo, es demasiado. ¡Liquidarme! ¿Por qué me iba a matar? ¡Después de toda la ayuda así es como me paga!*

-¿Porque entré a este lugar, capitán? ¿A eso se refiere? -pregunto con indiferencia, *sin rastro del miedo que tengo.*

-¡Exacto! ¡Eso fue lo que acordamos! ¡Ninguna persona ha salido de aquí con vida! ¡Incluso Gail perecerá justo cuando empiezo a creer que es inocente!

*¿¿¿??? Sádico, bastardo, cree que puede jugar con la vida de todos como si fueran hormigas.*

No hubo reclamo alguno del guardia porque estaba dormido de tanta fatiga.

-¡Pero, señor…!

-¡Ya cállate, animal! ¡Vámonos! -grita, tomándome fuertemente del brazo otra vez.

-¿No quiere que le siga ayudando a descifrar la carta?

-¡No! ¡Tendré que terminarla yo solo! ¡Cretino arrogante! ¡Ya es hora de que vuelvas a tu celda putrefacta!

-¡Espere! ¿Qué pasará con Gail? -exclamo.

-¡Eso no te importa, animal! -impone, mientras abre la puerta blanca de tan tenebroso y mortal bloque X.

Al salir, observo por última vez la desgastada figura del guardia. *¡Nadie se merece un destino tan cruel!* Ahora concuerdo con la carta. *¡Price merece morir!*

Caminamos a paso veloz y en silencio por los grandes pasillos y puertas. *Me quedé con demasiadas dudas. No entendí nada del papel ese ni de lo que platicamos.* ¡Estoy harto de esto! Llegamos al bloque T, que está totalmente obscuro, y nos colocamos delante de la reja de mi celda, me retira las esposas y con un simple chasquido del capitán suena la alarma.

Bong.

-¡Descansa, cerdo inmundo! -dice, arrojándome con fuerza al suelo, seguido de una gran carcajada.

Cuando me levanto del suelo, distingo la clara silueta de Zack en la penumbra, que se despertó por el ruido de la sala.

-¡¿Y?! ¿Qué tal tu día? -dice descaradamente y con su tono usual de burla.

Al escuchar su pregunta, no detengo la furia que nace en mí y me abalanzo sobre él.

# 40

Golpeo una vez su mejilla, el siguiente golpe es detenido por su mano, forcejeamos unos segundos y continuamos la riña.

-¡Al, para! ¡Tranquilo! ¡Nos regañarán los guardias! -me grita Zack, inmovilizándome el brazo izquierdo.

-¡Deja de decir cosas sobre mi cárcel! ¡Tú acabas de llegar y estás alterando todo! -le respondo, pegándole en el estómago.

-¡Espera! ¡Awww! ¡Si te calmas te explico lo que quieras!

-¡No! ¡Ya estoy harto de que chantajees con información inservible! ¡Todo crees que forma parte de tu maldito plan y no es cierto! -exclamo, cuando el chico me tumba al suelo y traba mi pierna.

-¡Es verdad! -protesta en susurro- ¡Todo lo que hoy viviste también lo había previsto!

Me detengo por un segundo y observo el hilo de sangre que corre por su mejilla.

-¡Incluso esto estaba planeado, ¿no?! Planeaste que me hartaría y abandonaría todo al cuarto día de tu estúpida ilusión. ¡Y que te partiría el hocico! -le grito, forcejeando para que me suelte.

-¡Obvio! Así que deja de hacer ruido o nos van a venir a callar. ¡Albert, confía en mí!

-¡¿Confiar en ti?! Si eso es lo que hecho desde que llegaste aquí. Ya no voy a continuar haciendo idioteces a cambio de nada. ¡Tú no fuiste quien vio y vivió la tortura de estar afuera, siendo casi asesinado un par de veces!

-¡Yo estoy confiando en ti! Sé por todo lo que has pasado y por lo que pasarás con tal de salir. Casi todo mi plan recae contigo -contesta, bloqueando otro golpe directo a la cara.

-¡Cállense, idiotas! ¡Dejen sus mariconerías para otro momento! ¡Si no guardan silencio entraré y los dejaré sin habla por dos semanas, imbéciles! -nos grita un guardia, mientras le pega a los barrotes estrepitosamente con su macana.

Al escuchar la amenaza de la silueta al otro lado de la reja nos detenemos, decimos "perdón" en voz baja y nos acostamos en nuestros respectivos catres inmundos.

*¡Malnacido, idiota! ¡Ya estoy harto de todo esto! No quiero explicación alguna, sólo quiero que dejen de morir personas inocentes por culpa de un niño nuevo. ¡Y que mi vida deje de correr peligro!*

-¿Al? -pregunta después de unos segundos de recuperar el aliento- Además de una disculpa te debo una explicación.

-¡¿Sólo eso crees que me debes?! -grito en susurro.

-Tranquilo, no sé cuál sea tu enojo pero siento mucho que hayas tenido que hacer el trabajo sucio mientras yo estaba sentado platicando con Price; comprendo que no fue justo. Hablemos pacíficamente para contarnos nuestros avances, puede que aclare tus dudas.

*¡¡Avances!!*

-No creo que "comprendas" nada de lo que me pasó. ¡No estuviste ahí! Jamás me hubiera imaginado que pudiera sentir

SALVADOR A. VILLANUEVA BEK

las peores emociones en un jodido día -replico en silencio, levantándome de la cama.

-Y aún sigues vivo. Después de todo tu sufragio, estás sano y salvo contándome tus experiencias. Yo tengo un horrible dolor de cabeza por tus golpes, que en ningún momento te regresé porque sé que debías sacar tu coraje -contesta, mientras se baja de la litera.

-¡Ese es mi maldito punto! ¡Todo crees que sabes! ¡Todo crees que es planeado por tu pequeña y estúpida cabeza! ¡Pues no, Zack! ¡Hay ciertas cosas que no las puedes conocer o idear!

-¡¡TODO!! ¡Exacto! ¡Todo forma parte de nuestra salida de aquí! ¡Pero te empeñas en interrogar y atrasar todo! -explota, poniendo un dedo en mi pecho severamente.

-¿Quieres que peleemos otra vez? Para que continúes tus alucinaciones en aislamiento -amenazo tajantemente.

-No, te ganaría y te haría callar antes de que el guardia se entere -dice, poniendo su cara habitual de maldad y sarcasmo.

-Mira, cretino, te la pongo así: hablaremos. Si te creo, confiaré en ti y continuaremos con tu plan; si no te creo, me aseguro de que no salgas en dos días a como dé lugar -impongo, mirándolo fija y amenazadoramente.

-Me parece justo. Pero cuando quedes convencido me pedirás una disculpa y no me cuestionarás de nuevo.

-Bueno, pues si tanto sabes, ¿por qué no me ilustras con todo lo que pasó en mi día? Cuenta los detalles de lo que padecí.

-Las partes específicas obvio no las conozco, esas me las dirás tú. Lo que sí sé es que mientras platicabas con Samael te cacharon una carta describiendo un plan de escape, luego te llevaron con

Price a hablar sobre eso. Al final accediste al bloque X y ahí viste a Gail y al guardia de la torre, cuyo nombre nunca me dijiste.

*¡¿Cómo mierdas supo eso?! ¿Y lo del cuarto de tortura? Sólo hay una posibilidad para eso...*

-Se llamaba Smith. Pero... confiésame, Zack: ¿Le escribiste la carta a mi jefe, firmando como si fueras Gail?

-Sí, Al. Eso fue exactamente lo que hice.

SALVADOR A. VILLANUEVA BEK

## 41

-¡Deja de mirarme así! -grita el chico, al ver mi cara de desconcierto.

-Me planteé esa posibilidad una vez, pero no creí que fuera posible... Tienes que contarme el cómo y por qué -le digo seriamente.

-Pensé que lo sabrías cuando coincidieron los datos de escape de la carta con los que le dije al capitán.

-Eso lo comprendo. El chiste es, ¿de dónde la sacaste o cómo la hiciste? ¡¿Por qué Gail?!

-Tienes que aprender a observar un poco más los detalles. Cada movimiento es una herramienta para el plan. Los elementos están claros y a la vista, solamente piensa de nuevo tus preguntas y la respuesta la encontrarás en tus recuerdos -me dice atenta y misteriosamente. *Mmmm...*

Después de unos segundos continúa con su acertijo:

-Está bien, piensa: ¿En qué momento hubiera podido elaborar dicha carta y con qué material? Venga, Al, sé que puedes.

-¡Simplemente dilo! ¡¿Por qué te gusta jugar con mi mente?!

-¡Quiero que te des cuenta de que sé sobre mi plan, que nada es al azar y que todo está perfectamente estructurado! Necesito que recuperes tu confianza en mí.

-De acuerdo. El escrito lo hiciste con papel de baño en algún momento en que no te vi y lo elaboraste con... ¡el lápiz que te dio York! ¿Correcto?

Zack afirma con la cabeza y escucha atento mis suposiciones. *Tiene razón, es fácil deducir ese tipo de cosas. Pero...*

-Creo que la escribiste después de nuestra golpiza con Price, en tu segunda noche aquí, cuando yo estaba dormido -le digo, causándole asombro y un repentino levantamiento de cejas.

-Ja, muy bien, Al. Justifica tu acusación -responde, sin quitar su malévola expresión.

-Ya habíamos cruzado por el bloque X y entrado a la oficina del capitán. Tenías suficientes datos que se anexaron a tu "idea" y al día siguiente se lo diste a Kurt en el sobre junto con dinero para que éste se lo dejara en su celda -le contesto. *Espero atinarle, para que este güey vea que no trata con cualquiera.*

-¡¿Ves?! Describiste exactamente lo que pasó. Basándote en los pequeños detalles uno puede crear grandes cosas. Por ejemplo: nadie se dio cuenta de que me quedé el lápiz, ni tú, hasta que razonaste que no lo devolví u ocupé.

-Ya lo había pensado, no te emociones -lo interrumpo fría y secamente.

-Si tan "inteligente" eres, ilústrame y dime por qué firmé como Gail -responde, cambiando su cara como si lo hubiera insultado.

*¡Ni idea!*

-Mmmm... Porque... -balbuceo- No, no sé.

-Porque tú, esa misma noche, me dijiste que era el menos empático contigo.

*¿¿¿???*

-¿Sólo por eso merecía morir? ¿Porque no me caía bien? ¡Mataste a alguien inocente, Zack! -exploto, poniéndome de pie.

-¡Permíteme, yo no he matado a nadie! -protesta en susurro y a la defensiva.

-Tienes razón. ¡Fue peor: lo torturaron y golpearon hasta su muerte! Has matado a muchas personas para tu corta edad, idiota.

-No hay motivo para ser grosero, Al. Cálmate, no seas tan bipolar. La culpa no es mía, ni estuve ahí.

-¡Claro que tienes la culpa, y toda! Estabas cuando murió Steve, de hecho le diste la pica sabiendo lo que le harían. ¡Y al poner el nombre de Gail en la maldita carta era obvio que lo agarrarían y destrozarían!

-¡Escucha y calla! ¡Al ladrón ese lo mató Price y sus guardias, yo no le quité la vida! ¿O sí? ¡Y en el caso del oficial corrupto, el verdugo eres tú! -exclama, enlistando a los difuntos.

*¡¿Que yo qué?!*

-Estás mal de la cabeza. Deberías de ir con un psiquiatra o algo. ¿De dónde sacas algo como eso?

-Es así de fácil: cuando te cacharon la carta y la leyeron, saliste ileso gracias a mí. El punto es que ni el capitán ni nadie hubieran creído que uno de sus guardias elaboraría un plan de escape, a excepción de que un reo revelara que ese mismo oficial es un contrabandista. ¡En ese preciso momento te convertiste en asesino, cuando hablaste con Smith! ¡Aquí el único psicópata eres tú!

-¡Pues no soy el loco que decidió meterse en la cárcel arrasando con tres personas inocentes!

Al escuchar mi contestación se queda petrificado, inmóvil, pensando qué contestar después.

-¿A poco pensaste que eso no lo había deducido ya, Zack? ¡No soy tan estúpido como crees! Podré ser "tu pieza más importante", pero eso no me vuelve ciego. Los detalles específicos de la carta revelan lugares de la Ciudadela que desconoces. Puedes argumentar lo que quieras, sé que es verdad -grito en susurro.

-Basta, es hora de dormir, debes estar exhausto. Se acabó la sesión extraordinaria de preguntas, no quiero seguir peleando contigo, Al. Si quieres, seguimos charlando mañana, cuando no estés tan alterado -dice, mientras se sube a su litera de un salto.

*¿Qué?! ¡Le pegué donde más le duele? Ya me había aclarado y reiterado que esa opción era tonta, pero me rehúso a pensar que le haya atinado a todo; no puede planear algo así sólo con entrar y observar. Es ilógico que la carta contenga datos como el del ordenador del bloque X sin que éste lo conozca. Ja, lo caché. Se nota que no le gusta el tema, no creo que confiese por qué lo hizo. Continuaré trabajando con este imbécil por la curiosidad de ver cómo lo logra, logramos, salir...*

-Al -susurra después de unos minutos de perpetuo silencio-, espero que sigas confiando en mí tanto como yo en ti. Cometí el error de omitir muchas cosas, lo siento. Entiende que todo es por una buena causa. Estos desperfectos son parte del cubo de colores del que te hablé: parece que todo se va al demonio pero es cuando más embonan. Espera a mañana a las cuatro y verás la conclusión de mi plan.

-Ya veremos, Zack -contesto fríamente.

SALVADOR A. VILLANUEVA BEK

## 42

—*Señor Hawkins, ¿cuáles fueron sus motivos para asesinar al guardia Gail y Smith? ¡¿Es usted una bestia sin sentimientos o moral?!*

—*¿Zack? ¿Pero qué haces vestido de traje? ¿Por qué estamos en un tribunal? ¡¿Qué es todo esto?! ¡Quítame las esposas!*

—*Responda la pregunta del abogado —me dice el mismo juez que me impuso la sentencia de quince años por homicidio en segundo grado.*

—*Objeción, su señoría —exclama Fannie-. Zackary no puede referirse a mi cliente como una bestia amoral. Yo lo llamaría un asesino sin piedad y cruel.*

—*¡¿Qué pasa?! -grito.*

—*Jurado, ¿han tomado una decisión?*

*El jurado son conocidos: Gail, Smith, Price, Emily, Jack, Samael y Víctor.*

—*Encontramos al acusado… ¡Culpable! ¡Debe arder en el infierno! -dice eufórico el guardia torturado, con su pedazo de labio y diente faltantes.*

*Zack activa una palanca y el suelo donde se encuentra mi silla comienza a incendiarse. Mientras siento cómo el calor penetra mi cuerpo y grito sin cesar, alzo la vista y observo entre el tumulto a mi pequeña Sarah, custodiada por la mismísima parca, con sus ojos rojos en llamas, quien lanza un alarido estruendoso, escupiendo gigantes mareas de fuego.*

-Lo siento, Al, esto debe pasar. ¡Necesitamos hacer ciertas cosas para salir de aquí! -grita Zack, riendo como de costumbre.

-¡¡NO..!!

-¡Ah! -exclamo con fuerza, despertándome abruptamente todo sudado, revisando que no esté en llamas.

*¡¿Pero qué...?!*

-¿Estás bien? Vaya que has tenido una horrible pesadilla. ¿Qué soñaste, Al? -pregunta el chico nuevo, bajándose de la litera todavía modorro.

*Tranquilo, nada fue real. Mi dulce Sarah... ¿Qué hacía ahí? ¿Por qué la muerte la rondaba...?*

-Soñé que me matabas, que me sentenciaban a muerte por... estupideces. También estaba Emily, era parte del jurado -contesto, todavía espantado. *No quiero que sepa que siento culpa o algo así.*

-Espero que luciera radiantemente bella, como siempre. ¿Quién más apareció? Tuvo que ser algo terrible para que te levantaras con tanta fatiga acumulada -dice.

-Vi a mi hija. Me miraba con miedo y la parca la tomaba de la mano -susurro, con un nudo en la garganta.

-¿En serio? ¿Te preocupa que algo le pase?

-Quién sabe, el sueño fue tan real... Sentí terror y preocupación al verla ahí.

-¿No podría ser la madre? ¿Sigue viva? -pregunta interesadamente.

-Ella... -comienzo a decir con el estómago revuelto- No lo sé... -digo, agachando la cabeza para que no observe mi tristeza.

-Tranquilo, viejo. Pronto todo estará mejor. ¿Quieres discutir algo más sobre el tema de ayer?

*Eso espero...* Tardo un par de segundos en recuperarme del todo hasta que pregunto:

-¿Por qué Gail? ¿Por qué la carta?

-Mira, Samael quiere estar al mando a fuerzas, no iba a aceptar mis indicaciones, así que mandé la carta a nombre de un amigo suyo para que el plan original fuera a su "mandato", aunque no sepa ni cómo hacerle. Tenía que ser Gail porque dijiste que era el menos empático de los tres. Fue probabilidad. Así, cuando fueras a acusar a alguno de ellos, sería el que menos te simpatizara, por eso te pregunté. Debía de coincidir para que fuera creíble ante Price. Creo que ahora sí ya me cree.

*Sigue siendo un desalmado. No le importa el daño colateral de su escape ni a los que se lleva en el intento.* Volteo a ver la gran pared gris que tengo delante y pregunto:

-¿Por qué dos planes diferentes? ¿Van a rapelear o a escapar con una explosión?

-Ja, ja. Haces preguntas muy buenas y estratégicas. Pues todos creen que harán cosas con esta pared, pero necesito que el capitán baje de su torre de marfil cuando ocurra la primera explosión en el patio de juegos, así podemos tener acceso a su tarjeta o su llave -responde con una gigantesca sonrisa.

-¿También matarás a Price? ¿Cuántos más perecerán por la causa, Zack? -le replico en tono molesto.

-Pensé que te gustaba la idea, no vi que "lloraras" a Steve o Hume mucho tiempo, amigos tuyos de tiempo atrás. ¿Solamente porque viste a dos policías corruptos siendo torturados ya tienes sentimientos? -contesta mofándose.

-Mis "amigos" estaban prisioneros por cometer algún delito. Smith murió por hacer su trabajo y Gail no estaba corrompido por nadie, sólo trataba de ayudar.

-Sus muertes son gajes del oficio, Al. No te esponjes.

Me hierve la sangre el cínico y frío comentario de un joven tan desalmado como Zack. *¿No puedes tener un poco de compasión? ¡Cerdo! Espera...*

-¿Cómo planeas hacer la explosión? ¿En verdad colocaste C-4?

-Obvio no. Digamos que... Víctor nos va a ayudar. -contesta, esbozando su usual sonrisa maléfica.

-¿Ayudar? ¿De qué hablas?

-Ya pasaron los tres días. Hoy morirá.

## 43

¡¿Qué?! ¿Cómo mierdas se relaciona un guardia con una explosión? ¿Víctor lo está ayudando o él explotará? Ya no entendí.

-No me interrogues más sobre eso, Al, por favor. Va a ser una sorpresa magnífica, ya verás. Pregúntame otra cosa antes de que lleguen los oficiales -exclama, más entusiasta que de costumbre.

-De acuerdo. Respóndeme: ¿Cómo y por qué ideaste un plan como éste? Vamos a comportarnos como adultos. Sé que hay algo más detrás de toda esta fachada. Tienes que ser realista, Zack, tu historia falsea.

-Ja, ja. Hoy andas con muy buen razonamiento. Eso ya te lo contesté, así que piensa mejor porque no nos queda mucho tiempo.

*Maldito. ¡No me ha resuelto nada! ¡¿Por qué decidió meterse en la Ciudadela?!*

-Güey, no manches. Aunque seas un chico brillante no pudiste prever las conductas y reacciones de todos al llegar, tampoco conocías nada sobre este lugar. ¡No me puedes decir que en el momento que entraste evaluaste la pinche salida! -digo enojado.

-¡Sí! Sé que te parece difícil de entender pero, sí vi mi salida al acceder a este lugar: es por la puerta de entrada, ya te lo había dicho.

-¡Ay, no jodas! Eres muy elocuente y todos te comprarán el cuento, hasta Price. No me continúes diciendo eso, estás "planeando" un motín y alteras a todos para "salir" por ahí. No tiene coherencia.

*¡Cretino imbécil! ¡Dijo que me diría cosas para que le creyera o dejaría de cooperar! ¡Dame algo de información!*

-Espérate a mañana y verás cómo esa parte del plan cobra sentido. Todavía no alcanzas a imaginarte fuera de aquí, por eso no ves el gran cuadro y te mantienes en una arrogancia inservible -contesta. Irguiéndose y volteando a la pared, coloca sus manos en la espalda jugueteando y prosigue:- Mira, ahora yo te preguntaré algo con el estilo de la plática de ayer, y la respuesta la sabrás por tu propia deducción. ¿De acuerdo?

Agacho la cabeza y respiro lentamente para calmar mi frustración. *¡¿Es en serio?! ¿Quiere seguir jugando a unos minutos de que lleguen los guardias?*

-Hipotéticamente hablando, decido entrar en la Ciudadela, es más, planeo todo con lujo de detalle para salir en sólo seis días. ¿Qué lógica tiene eso? ¿Con qué fin lo haría? No creo que alguien en su sano juicio mental tome el riesgo de entrar en una cárcel como ésta para salir. Dame una explicación lógica, pero no tiene sentido alguno.

*¡Ja! ¿Quieres jugar, eh?*

-Mi turno. Voy a hacer una hipótesis: Sin conocer todavía el propósito, decides meterte aquí, observas y estudias este lugar un buen rato, interactúas con planos, mapas, estrategias. Cuando todo está en su lugar dejas ir tu coche a la carretera, lo haces porque es una manera en la que crees que "no te ensucias las manos", que el culpable es tu mecánico o qué sé yo. Creo que hasta elegiste el día en que querías que eso pasara, dado que en tu segundo día te tocó "por suerte" la visita mensual de tu amada novia y sin ésta no habría plan, ni sobre, ni cartas, ni nada. Si todo es parte de tu plan para salir de aquí, Emily también está incluida.

*¡Claro! ¡Qué inteligente soy! ¡Ese detalle es crucial y hasta ahora lo razono del todo! ¡Le di en el clavo!*

Después de escuchar mis palabras voltea a verme con una inmensa sonrisa y desconcierto y dice:

-Qué lástima que hayas dedicado todo tu tiempo y esfuerzo mental en plantearte algo tan ridículo en lugar de discutir sobre el plan en sí o en qué harás hoy. Piensa siempre en lo que se avecina, no en lo que ya pasó; estoy aquí ¿no? El caso es que saldremos, Al. Deja ya eso atrás.

-Ja, ja, ja. Siempre te sales por la tangente, Zack. Eso es lo más ridículo de todo. Das discursos muy buenos para distraer el tema principal cuando sabes, en realidad, que los datos y las pruebas que te acabo de exponer son irrefutables y no tan inconcebibles como en un principio pensé.

Antes de escuchar una respuesta, escuchamos que alguien acaba de llegar a la reja de nuestra celda.

-Reo dos, siete, siete, seis, diez, B. Vendrás conmigo, Price desea verte -dice entre balbuceos y nerviosismo Valentine. *¿Sigue estupefacto por lo de ayer? Ya no se ve amenazante ni nada.*

-Claro que sí, Val. Espero que lo que discutimos ayer ya esté listo -exclama de manera impertinente, omitiendo señor o guardia.

-Mmmm... creo que sí. No, espera, sí, ya está preparado -responde en tono calmado y confuso. *¿Le tiene miedo al chico?*

Mientras Zack se coloca de espaldas para que le coloquen las esposas, le pregunto:

-¿Qué es esto? ¿A dónde vas? ¿Por qué no iré yo con ustedes?

-Al, tienes muchas cosas que hacer el día de hoy. Ya está por terminar todo y tienes que estar ahí, presente. Sólo asegúrate de que, pase lo que pase, los demás sigan el plan de su jefe. -contesta con su sonrisa malévola, ignorando la presencia del oficial.

*¿¿¿???*

-Pero... ¿Y tú?

-Voy a tener mi última comida -me ilustra, guiñándome un ojo y saliendo de la celda.

## 44

*¿*U*ltima qué? Suena al corredor de los condenados que están a punto de morir. ¿O se habrá referido a que era su última comida antes de escapar?*

El bloque E. T. se encuentra en completo silencio mientras el sol naciente comienza a entrar por las pequeñas ventanas, despertando a su vez más reos. Después de un par de minutos los guardias empiezan a rondar por nuestros pasillos.

*Estoy seguro que esto también fue planeado por Zack. Evita ese tema y también decirme cualquier cosa del plan. Cada vez que le pregunto saca un buen discurso que me desvía hacia temas sin importancia. Al final no me confesó si él decidió o no entrar en la Ciudadela. Tampoco sé qué haré en las próximas horas sin él. Debo de dejar de caer en sus malditas trampas y conseguir datos concretos.*

-¡Hey! ¡Alerta! ¡Aquí falta un reo! -grita eufórico Víctor, al notar la ausencia del chico nuevo.

John se acerca rápidamente y le susurra en voz muy baja:

-¡Cállate! Valentine me ha dicho que se lo llevaron con Price, no armes alboroto.

-Si hubieran mandado un memorándum estaría enterado y no existirían malentendidos. No fue mi culpa, es parte de mi trabajo -contesta secamente.

Cuando su compinche se aleja para continuar con el chequeo matutino, Víctor se me acerca de nuevo.

-¿Dónde está el reo dos, siete, siete, seis, diez, B? ¿Por qué se está escondiendo, eh? Justo venía a demostrarle de qué estaba hecho y el maricón se escapa.

-Se fue con el capitán, no estoy seguro de que lo veamos en un buen rato. ¿Qué le quiere enseñar, oficial? -pregunto seriamente.

-¡Simplemente estoy harto de él! ¡Me amenazó de muerte y le pensaba voltear la moneda para que vea quién manda aquí!

-Tal vez aparezca en el patio de juegos más tarde. ¿Qué más le ha hecho que lo trae tan molesto?

Tras escuchar mis insinuaciones, le escucho emitir un par de gruñidos de preocupación y le noto un pequeño tic facial en el labio superior: le vibra el lado derecho como si fuera a llorar o algo por el estilo. Balbucea algo que no logro escuchar y se marcha a su posición.

*Este güey se volvió loco por un simple comentario que hizo un reo hace tres días. ¿Cómo es eso posible? ¿Será todo parte de su treta?*

Bong.

-¡Desplácense rápido, cretinos! ¡O les tocará menos ración de su exquisito buffet! -grita Valentine.

Durante nuestro trayecto en completo silencio, me encamino al comedor con la mirada de frente, sin voltear a ver al piso de arriba como de costumbre. *No quiero ver caras de guardias que probablemente acaben muertos para esta tarde.*

SALVADOR A. VILLANUEVA BEK

—¡Yong! Sigues encargándote de traerle personas a Samael, ¿verdad? —le pregunto al coreano que aparece en la entrada en un tono similar al de Zack.

—Veo que el niño ese te pasó su jodido humor. Andando, tenemos muchas cosas que platicar.

Le damos vuelta al comedor, evadiendo a la multitud que se forma para recibir su "comida", y observo la habitual mesa del jefe rodeado de sus secuaces. *Ya tiene dos menos...*

—Albert, qué alegría verte con vida —exclama secamente el diablo—. Pensé que no la hacíamos con lo de ayer. ¿Cómo te has zafado? ¿A dónde te llevaron?

*¡Ups! Necesito inventarme una muy buena historia.*

—Me llevaron con Price a su oficina. Me intentó sacar información pero le expliqué, como a Bill y Valentine, que la carta nos la encontramos y apenas la leímos. El Capitán no le dio importancia porque "no tiene destinatario y habla de puras estupideces", según sus palabras —contesto, con la segunda mentira más grande, sentándome en la mesa al lado de York.

—Estoy un poco preocupado, aunque no lo creas. Creo que debemos cancelar todo. Por más que Gail haya planeado nuestra ruta de salida, sospecho que reforzarán la seguridad y estarán más atentos a nosotros por haber descubierto la carta.

*"Sigan con el plan de su jefe..." ¿Querrá Zack que no nos desviemos del plan? ¿Y por qué "los demás"?*

—No necesariamente, Samael. Si ya todo está en su lugar y la explosión se dará a las cuatro, debemos actuar. No alcancé a leer toda la carta pero estoy seguro de que para realizar eficientemente el plan hay que hacer todo al pie de la letra. Es más, tal vez fue bueno que nos descubrieran, puede que Price esté más atento y sea más fácil de ubicar y encontrar -le digo, mintiendo descaradamente, demostrando el actor nato que llevo dentro.

-Mmmm... capaz de que tienes razón. Pero no sé, es muy arriesgado.

-¡Habrá dos mil reos en el patio! ¡Todos se irán a la salida del muro por la explosión, sí tenemos oportunidad! Piénsalo -interrumpe estrépitamente York, mostrando su lado inteligente.

*Ja, ja. ¿De dónde se volvió listo? ¡Espera! ¿Alguna vez Zack dijo que lo incluyó en sus planes? ¿Por qué lo haría?*

-Está bien. ¡No hay necesidad de levantar la voz, idiota! Llegando al patio discutiremos eso, me faltó terminar de explicar lo de los equipos de béisbol.

*Otra vez con su estupidez esa...* Antes de continuar con su parloteo sobre el plan, irrumpen bruscamente en la sala cinco guardias desconocidos con Valentine al frente y se dirigen justo hacia nuestra mesa.

-¡Reo cuatro, cinco, uno, uno, quince, A! Manos sobre la cabeza. ¡Vendrás con nosotros, animal de mala muerte!

Con todas las miradas de la sala fijas en nosotros, Samael coloca sus extremidades en la nuca con total calma y seriedad. *Se mantiene en su papel de fuerza pero ha de estar muerto del miedo.* Un oficial le coloca las esposas y lo levantan de su lugar.

-No se te olvide recogerme -me indica con sus ojos bien abiertos, insinuando que cuando vayamos de salida pasemos por él.

-Qué gracioso que digas eso, estúpido. ¡Es exactamente lo que te van a hacer! ¡Ja, ja, ja! -se mofa Valentine, poniéndole doble sentido a la indicación del jefe.

Se lo llevan de la habitación con exceso de custodia y cuando todo vuelve a la normalidad, York estalla:

-¡Albert! ¡¿Qué rayos fue eso?! ¿Ahora qué haremos?

-¡Shh! ¡Tranquilo! Hacemos exactamente lo que nos dijo: continuar con el plan y en nuestro camino a la libertad pasamos por él. ¡Todo tiene que seguir según lo indicado!

-¡Pero sin el jefe no podremos! -grita Ladbroke.

-¿Quién nos guiará? -exclama Phil.

-¿Qué pasa? -interroga ingenuamente Pablo.

-¡Calma! Samael previno esto, quiere que sigamos de todas formas. Yo leí un poco la carta y sé qué debemos hacer -les impongo, asumiendo total control.

Una vez que regresan tranquilamente a sus lugares, digo:

-Ahora, esto es lo que haremos…

*"Sólo asegúrate de que, pase lo que pase, los demás sigan el plan de su jefe". Tenía razón, planeó esto también y me lo advirtió.*

*De acuerdo, Zack, te debo una gran disculpa.*

## 45

-¿Qué? ¿Eso decía la carta? No explica casi nada de cómo saldremos -expone York, una vez escuchada mi narración sobre "lo que alcancé" a leer, omitiendo datos obviamente.

*Ahora entiendo un poco más el plan de Zack y sí, involucró a muchos que perecerán por la causa. Gajes del oficio, diría.*

-Eso es lo que logré leer de la carta antes de que nos la arrebataran. Por eso es crucial que vayamos por Samael, él la leyó toda y sabe más cosas que nosotros -respondo.

-¡Entonces podré masacrar guardias! ¡Sí! -grita eufórico el psicópata Phil.

-Enfermo, bájale a tu tono. Cuando Albert nos diga lo podrás hacer, y por lo visto, fascinado -se mofa Ladbroke.

-Miren, no entender mucho de qué hablan, pero desayuno casi terminado y no han comido -dice Pablo, quien no mostró mucho interés en toda la plática.

Desviándonos un poco del complot, Zeke y Charlie van en busca de nuestra comida.

*Conque así se siente el jefe todos los días... Je, je podría acostumbrarme...*

Bong. Bong. Bong.

Suena la alarma a la mitad de nuestro agasajo. Ya sabemos qué sigue: dirigirnos en silencio al patio de juegos, pasar por el detector de metales y la revisión antes de salir.

-A ver, explíquenme qué más pasó ayer. Cuando nos fuimos ¿qué recaudaron o qué siguieron haciendo? -interrogo en el habitual punto de reunión.

-Demasiados guardias para eso. Snake nos dio la cuerda y el encendedor pero cobró demasiado caro. Nos hemos quedado sin fondos y le tuvimos que explicar el propósito; nos pidió que lo sacáramos también. Guardamos todo en el depósito con Hall, dice que no ha visto a Gail desde hace un rato, cree que se fue de vacaciones -explica detenidamente York.

*Si tan sólo supieran lo que le deparó el destino...*

-De acuerdo, pues díganle que explotaremos la pared y que saldremos por la misma. No forma parte del plan sacar a nuestro proveedor -respondo, actuando la faceta de jefe mafioso.

-En seguida, Al -exclama Barden. *¿Y el señor? Ja, ja, ja...*

-Oye, ¿sabes qué pasó con lo del béisbol? Samael no terminó de hablar sobre el tema -pregunta Yong.

-Ni idea de lo que quería decir con eso, supongo que serán nuestros roles cuando la pared explote o algo.

-¿No son para antes de que vuelen el muro? ¿Qué tal que tenemos que interceder para que funcione? -interroga inteligentemente Ladbroke.

-Miren, por ahora no podemos hacer o suponer nada hasta la hora indicada. Vamos a trabajar un rato hasta que sea más o menos el momento -contesto.

-¿Trabajar? ¿Si nos vamos a fugar en unas horas para qué hacerlo? -refunfuña Charlie.

-¡Tenemos que seguir con la fachada, estúpido! ¡Todo tiene que continuar normal, como si nada! -le grita York.

*Estos idiotas creen que se van a fugar, pobres. Zack dijo que sólo nosotros dos. ¡¿Cómo se supone que funcionará eso?!*

Todos se marchan a realizar sus cuotas diarias mientras la segunda mano de jefe y yo reposamos un poco.

-Güey, ¿qué es todo esto? ¿Es cierto lo del C-4?

-La verdad no sé qué pasará al rato, solamente "sigo" las palabras de la carta y las de Samael.

-No hubiera matado al chiquillo nuevo. Por un momento creí que tenía razón en lo que dijo. Con lo de Steve y eso, me quedé muy impresionado. ¿Por qué habrá decidido matarlo, Al?

-Creo que lo de su nombre le afectó mucho, creyó que perdería el control y su autoridad al ser expuesto de esa manera. Es como ayer, cuando le pegó a Ladbroke para mostrar su fuerza y fe en que lo que hace, es lo correcto.

-No se lo digas a nadie, pero he tenido mis dudas sobre Samael. Todo lo que ha elaborado por una simple carta no es tan confiable. Hubiera preferido mil veces hacerle caso al ingeniero civil que logró agrietar la pared en un segundo, que a Gail con su mal genio -replica.

*¿Dudas? ¿Es en serio? ¿Confiaría más en un novato que en su adorado jefe? Esto no lo veía venir.*

-Si nos logra sacar de aquí será igual de inteligente que el chico. Vente, vamos a picar rocas.

-Y pensar que lo iba a matar a los diez minutos de conocerlo.

-Es arrogante, impertinente, prepotente y soberbio, pero muy brillante -digo, mientras nos dirigimos hacia la zona de trabajo.

-¿Es? Querrás decir era, ¿no?

-¡Al! ¡Qué bonitas palabras usas para describirme! ¡Puros halagos! ¡Qué gusto volverte a ver, York! -grita Zack, llegando de la nada.

Los dos nos quedamos boquiabiertos con la aparición del "fantasma". *¡¿Por qué vino?!*

-Este… ¿Qué haces aquí? -interrogo en balbuceos.

Al escuchar mi pregunta esboza una sonrisa terrorífica y exclama:

-Hora de la función.

## 46

—¿¡**T**ú?! No es posible. ¡Te vi morir! ¡¿Qué es esto?! -grita York, perdiendo un poco el control y la cordura al verlo vivito y coleando.

-Creo que iban a la zona de picar, ¿correcto? Vamos para allá, a la pared sur, lo entenderán todo. Falta un rato para las cuatro y tenemos mucho que aclarar. Preferiría si trabajamos en un lugar más privado, por favor -indica el misterioso chico nuevo.

¡¡¿¿¿?????!!!

En silencio y con nervio, caminamos detrás de Zack al lugar que desea: detrás de una gran pila de rocas donde no muchos reos trabajan. Una vez allí, tomamos una herramienta y nos ponemos en acción.

-Escuchen, no tengo mucho tiempo. Es vital que no le digan a nadie, sobre todo a Samael, que me vieron. Confío en que mantendrán este secreto -nos manda, como si ninguno de los dos estuviéramos al tanto de su supervivencia.

-No… entiendo. Te vi morir… ¿Cómo es que estás aquí? ¿De qué hablas? -balbucea el ladrón con cara de sorpresa.

-Mataron al sujeto equivocado. Me salvé porque justo unos minutos antes tuve una audiencia con Price. Con lo de Steve y mi intento de asesinato me la he pasado en interrogatorios y audiencias constantes, por eso no me habías visto.

-¿Lo sabías, Albert? -pregunta, volteándome a ver extrañado.

-Sí, York. Lo supe en cuanto llegué a mi habitación y estaba ahí. Me ha explicado a detalle -respondo serenamente.

-Quién lo diría. Hace unos minutos añoraba que siguieras con vida y ahora no sé qué pensar. El jefe te mataría si se enterara.

-¡Exacto! Es de suma importancia que no lo sepa. ¡Vine a advertirles que su plan va a fallar y los abandonará en el camino! -grita Zack, como asustado y nervioso.

*El que los dejaría serías tú, desgraciado. Samael quién sabe dónde está y ya le estás tirando mierda a su estrategia. Bueno, técnicamente es tuya pero... ¡Ahhh! No entiendo qué dice entonces... ¿O su propio plan fracasará? Eso no tiene sentido.*

-Explícate, niño. ¿Por qué osas contradecir las palabras del jefe? -interroga el ladrón con actitud seria.

-Albert me ha contado el plan y fallará porque he visto a Gail. Lo escuché platicando con Price. Parece que todo es una treta para lograr deshacerse de muchos reos y crear más fama para la Ciudadela. Además, para que Samael escape, su jefe narcotraficante ha pagado mucho dinero para crear todo este teatro. Lo peor es que planean matar a todos con los que haya tenido contacto para que las autoridades no logren averiguar nada -expone aceleradamente Zack.

*Ja, ja, ja. De todos los cuentos que se ha inventado éste es el más estúpido de todos. En serio, ¿de dónde salió este chico?*

-Claro -responde la segunda mano del jefe-, tienes toda la razón. Tenía mis sospechas desde hace unos días y ahora que lo pienso, te liquidó para que no nos sacaras de la cárcel. Tú que tienes un plan real y sabes de esto, eres un impedimento total para que él se escape y nosotros muramos aquí.

*Ja, ja, ja. Por un segundo había pensado que este güey era listo. Retiro lo dicho. El tonto soy yo por creer que un vulgar ladrón tenía cerebro.*

En silencio escucho la confesión de idioteces que hace el brillante asesino a York, aguantando la carcajada que emana de mi estómago con su burda fábula.

-¿Y qué haremos ahora, Zackary? Si todo está planeado para nuestra muerte, ¿cómo debemos actuar? -pregunta ingenuamente, atento a las sabias contestaciones del chico.

-Hay que aprovechar lo de las explosiones y escapar por otra parte, eso luego se los explico. El punto es que debemos continuar con la farsa ilusión del diablo y tomar ventaja de ésta.

-¿Y cómo es que accediste a este lugar, Zack? -interrogo, haciendo una mueca para indicarle lo de la pluma.

-Me trajo Valentine por otra puerta que usan los guardias, creo, por la que no hay seguridad y conduce a un gran corredor.

-¿Ese es tu plan? ¿Luego de la explosión entraremos a la Ciudadela por ahí?

-Sí, Al. Quitando un guardia del acceso podemos pasar. Bueno, voy a platicar un par de cosas en privado con York, si no te molesta. Tiene muchas preguntas y tenemos que disimular que trabajamos.

Al escuchar su propuesta lo tomo fuertemente del brazo y le exclamo con tono amenazante:

-¿Hay algo que no pueda escuchar? Pensé que ya me contarías todo, Zackary.

-Esto no es de tu incumbencia, Albert -contesta y con un fuerte tirón quita mi mano.

*¡Hijo de perra!*

Sin más que decir tomo una pica y rompo piedras tajantemente mientras ellos simulan que trabajan para charlar.

*¡No puedo creer que tenga una fiesta privada de nuevo en la que no esté incluido! ¡Odio que haga eso! ¿Qué tiene que decirle a York que sea tan importante que no pueda saber? ¿A esto se habrá referido cuando le dijo que lo incluiría en su plan? Parece que al que va a abandonar ahora es a mí.*

Paso una dos al sol descargando mi furia sobre pequeñas rocas cuando veo que es el cambio de turno de los policías. Vislumbro a Víctor, quien se acerca hasta nosotros al reconocer al profeta.

-Este... Zack, creo que alguien no está muy feliz de verte.

-¡Perfecto! Y qué puntual, son quince para las cuatro y parece que el espectáculo está por comenzar.

-¿A qué te refieres?

-Observa y verás...

## 47

-¿Cómo es que sabes la hora exacta, Zack? -pregunto con desgane.

-¿En serio esa es tu maldita pregunta? Lo sé por la posición del sol. ¡Concéntrate! Cuando el muro estalle, colócate una piedra en la nuca para evitar las balas de goma que puedan noquearte. ¡Toma a todo el clan y llévalo al acceso que está por allá! -grita, señalando una pequeña puerta custodiada por un guardia en la zona noroeste.

-¿De qué hablas chico? -interroga el ladrón.

-¡No tengo tiempo de explicarles! ¡Sólo hagan lo que les digo! ¡York, llévense dos picas y vayan por los objetos! ¡Al, una vez en el corredor toma la tercera puerta, deben derribarla, saldrán a un bloque de celdas que no conocen, traten de bloquear las puertas o accesos y llegar a la parte de arriba antes de que los guardias los alcancen! ¡Yo llegaré después! ¡Ahora, lárguense de aquí! ¡Reúnan a sus hombres y esperen mi señal!

*¡¿De qué habla este güey?! ¿Cómo sabe que todo eso va a pasar? ¿Por qué conoce la Ciudadela? Okay, ya, calla y confía, eso es lo único que quiere.*

-¿Cuál va a ser la señal, Zackary? -exclama preocupado la segunda mano de Samael.

-¡La explosión, idiota! ¡¿Qué más?! ¡Ya, váyanse por los demás en este momento, no podemos perder ni un segundo! -explota, volteando a ver que el guardia se acerca cada vez más.

-Nos vamos, pues. Con cuidado, Zack -le digo gentilmente, dándole una palmada en la espalda sin cuestionar más sus objeciones.

Caminamos rápidamente a la zona este para acudir al llamado de toda la tropa; a medio trayecto volteo y observo a toda una multitud alrededor de Zack. *¿Qué es lo que pasa por allá? ¿Estará bien?*

-¡Hey, Zeke, Charlie! ¡Vayan por los demás, parece que ya es hora! ¡Nos vemos en la pared oeste! -dice nerviosamente York a los dos secuaces que están trabajando con unos cubos de basura.

-¿Hora de qué? -exclama Cubs, atareado y molesto.

-¡El muro está por explotar, animal! ¡Ya son las cuatro! ¡Samael nos indicó que fuéramos por el acceso noroeste! -miente el ladrón, asumiendo que nadie debe saber sobre la existencia del muchacho.

Los dos acatan la orden y corren hacia otras secciones para reunir a todo el séquito. Mientras, nos dirigimos hacia los extranjeros que apuestan tranquilamente en el piso.

-¡Yong, Pablo! ¡Ya tenemos que irnos! ¡Reúnan a los demás en la pared de allá! -susurro apresuradamente, señalando el nuevo punto de escape. Al escucharnos salen corriendo sin rumbo fijo.

*Espero que estos idiotas hayan entendido lo que deben hacer...*

-¡Venga, vamos con Hall por las cosas! -exclama York.

A un paso más veloz, nos encaminamos rumbo al acceso noreste, donde el amable guardia custodia otro acceso que da al comedor y a nuestro almacén secreto.

-¿Qué quieren? -exclama el policía al vernos llegar.

-Las cosas que te dieron a guardar ayer -respondo.

-Mmmm… Saben que si los ven con eso los pueden mandar a aislamiento por contrabando, ¿verdad? Tengan mucho cuidado de cómo lo utilizan -se preocupa el mediano y castaño Hall.

-Sí, no te angusties, lo llevaremos debajo de la ropa. ¿Hay algo más aparte de comida o dinero?

-Cerillos y cigarros -contesta fríamente.

-Pásanos los fósforos, por favor. Tabaco no, todavía tenemos, gracias.

Mira alrededor y al comprobar que no hay pájaros en el alambre, el amigable oficial se mete al acceso y después de unos minutos sale con los materiales.

-Muchas gracias -decimos al unísono y nos marchamos guardando todo: lo pequeño en los bolsillos y la cuerda se la guarda York bajo la playera.

Una vez en la pared de reunión, esperamos dos minutos hasta que el equipo esté completo y aguardamos la señal.

-¿Por qué tarda tanto en explotar? -pregunta Ladbroke.

-¿Y si todo es mentira? -interroga paranoico Phil.

-Güey, mejor ve a ver qué pasó con el chico -me susurra el ladrón.

Sin responder, me dirijo velozmente a donde el tumulto de gente se encuentra. Tanto guardias como reos observan algo en la pared sur.

*¿Qué estará ocurriendo ahí? ¿Por qué no ha pasado nada? ¿En realidad sucederá algo?*

SALVADOR A. VILLANUEVA BEK

-¿Zack? -pregunto al llegar y observar a Víctor y al nuevo en una pelea muy fuerte y reñida.

Los guardias se ríen con cada golpe que el fortachón le da al reo. Está en el piso, con el matón oficial encima, tratando de esquivar puñetazos en la cara.

-¡¿Dónde quedó tu magia, imbécil?! -grita el gorilón, dándole uno fuerte en la mejilla izquierda.

-¡Todavía no entiendes! ¡Estás propiciando tu propia muerte! -le regresa Zack, pateándolo en la nuca y levantándose ágilmente.

*¿Por qué pelean? ¿De dónde saca este güey sus artes marciales?*

Como si fuera un ninja, el chico lo golpea ágilmente en varias partes de su cuerpo hasta que lo derriba. El policía toma una pica del suelo y trata de atacarlo con ella hasta que, estúpidamente, la encaja en el suelo, causando un silbido muy molesto.

-¡Ja, ja, ja! ¡Te apuesto mi semana a que ese idiota acaba muerto en dos minutos! -le dice entre risas un guardia al otro.

Después de fuertes ataques, golpes, patadas, y demás, el nuevo logra tumbarle un diente y quebrarle el brazo a Víctor, mientras que éste sólo ha podido sacarle sangre del labio y ponerle un ojo morado. Cuando Zack azota al policía contra la pared, enfrente de la pica, éste desenfunda su pistola rápidamente y apunta directo al chico.

-¿Crees que puedes ganarme? ¡Soy un guardia y tú un jodido asesino que estará aquí para siempre! ¡Te dije que no podrías matarme! ¡Espero hayas disfrutado tu estancia en este putrefacto lugar porque esto se acabó! -grita rabioso el oficial, quitando el seguro de su arma.

Al ver que va en serio, la multitud que está detrás de Zack se quita para evitar que la bala lo traspase o impacte en alguien más.

-¡Si haces eso, te aseguro que morirás! Soy un hombre de palabra, Vicky. En cuanto me pegaste te dije que tu destino estaba sellado -replica furioso, amenazándolo y arruinando más la situación.

*A este güey le encanta arruinar todo cuando debería hincarse y suplicar perdón. Ya no me puedo interponer en sus conflictos, podría costarme la vida. O, ¿es eso lo que quiere? ¿Desea que dispare? Eso no tendría lógica.*

-¡Hazlo, marica! Apuesto a que no tienes las agallas para asesinar a alguien -le vuelve a gritar.

*¡Mierda! ¡Sí va a disparar y este idiota lo único que hace es tentarlo! Espera, ¿a qué huele? Es… ¿gas?… ¡GAS!*

-¡No, Zack! -exclamo, corriendo lo más rápido posible.

Como si fuera en cámara lenta, me lanzo para derribar al chico a milisegundos de ser fusilado, al mismo tiempo que Víctor acciona el gatillo, generando una chispa instantánea que causa una explosión abismal justo en la pared sur, destruyendo gran parte del muro.

Al instante se oyen gritos, alarmas, golpes y disparos. Cuando me doy cuenta que estoy encima del malévolo ingeniero le grito:

-¡¿Qué has hecho?!

-Lo que te dije y me propuse: ¡Salir de aquí!

## 48

—Nos vemos al rato, Al -dice Zack, levantándose del suelo para correr velozmente hacia alguna parte.

*¿Pero qué es esto? ¡Nunca pensé que fuera posible! ¡¿A dónde ha ido?! ¡Awww!* Una bala de goma golpea mi pierna, causándome un gran dolor y adormecimiento momentáneo. Todos los guardias disparan a diestra y siniestra para calmar a los reos que intentan salir por el muro, mientras estos se defienden y utilizan todo para neutralizar a sus captores. *Como un verdadero motín...*

Tomo la piedra más cercana y cubro mi nuca con ella, atravieso la masacre como si fuera una estampida y ubico al séquito, que está tratando de tumbar la puerta que nos indicó el planeador.

-¡Albert! ¡Ayúdanos! -grita York, golpeando a su vez la manija con una inmensa roca.

Todavía en shock, continuamos derribando el acceso hasta que cede y entramos al inmenso corredor, en el que no se divisa ni un alma.

-Traen todo, ¿verdad? ¿Las picas, la cuerda...? -pregunto entre jadeos por el cansancio.

-¡Sí! Tuvimos que utilizarlas para abrirnos paso entre el gentío. Matamos a más de un guardia que se nos interpuso en el camino.

-¡Llamemos a más gente! Supongo que todos están en completa anarquía, pero si en verdad quieren salir sería bueno que nos ayuden a tomar un bloque de celdas -expone Ladbroke.

-De acuerdo, cúbranse bien la nuca o los noquearán. Vayan dos mientras los demás abrimos la tercera puerta. Si no vuelven en cinco minutos la tendremos que sellar sin ustedes -impongo, adoptando la actitud vil de Samael.

Piratas y Cubs se van en busca de refuerzos mientras golpeamos la puerta indicada por Zack. Los ruidos de golpes, gritos y disparos retumban con gran eco en el diminuto corredor.

El acceso cede y entramos a una pequeña sala con celdas, aproximadamente trece. *No sé si a esto se le pueda llamar bloque...*

-¡¿Y ahora qué?! -exclama York.

-¡Desprendan escusados, colchones, lo que encuentren, incluso traten de forzar rejas con las picas; vamos a quemar todo para bloquear las entradas y subir! ¡Destruyan todas las cámaras de seguridad que encuentren! -contesto con intuición y coraje.

En cuestión de minutos el lugar se atesta de personas que ayudan a la causa y derriban más puertas para tener un mayor control de los sectores de la Ciudadela. Con la llegada de Zeke, colocan con estrépito varios retretes y traban el acceso con una reja de celda.

Los gritos de emoción y vítores no cesan en la pequeña sala mientras queman y arrojan cosas por las ventanas. Con mucho esfuerzo y ahínco, logramos escalar a la parte superior en la que, normalmente, se encuentran los guardias. Corremos hasta una de sus entradas y tocamos el timbre de acceso. Por obvias razones, no hay respuesta alguna.

-¡Güey! ¡Estas puertas no tienen cerradura y se ven más fuertes! ¡¿Qué más hacemos?! ¡No falta mucho para que intenten entrar y sólo lo evitaremos con gente, no con un bloqueo! ¡Será mejor que nos movamos! -grita desesperado York.

-¡Cálmate! ¡Estamos esperando a que regrese ya sabes quién! Tenemos al lado otro bloque controlado. Vámonos desplazando poco a poco hasta ver territorio conocido. Probablemente para acceder por la "ruta" que tenemos planeada sea necesario encontrar el área de visitas o la enfermería, no nos queda de otra. Puede que tengas razón y que los policías antimotines ya estén cerca.

-¡Necesitamos armas o algo más! ¡Las picas son muy pesadas! -expone Charlie.

*Los barrotes...*

Sin pensarlo, me dirijo hacia una reja que sigue bien puesta y realizo el pequeño truco de Zack: tomo un barrote con la mano izquierda, lo jalo, y con la derecha le doy un pequeño golpe a palma abierta. ¡No sucede nada!, está bien soldado. *Pero ¿por qué? Hice exactamente lo que el chico hizo en su primera noche. Parecía tan sencillo... a menos que ese tubo estuviera desprendido y justo le atinara, o ya estaba preparado desde antes y fue intencional...*

-¿Qué haces, estúpido? Tenemos que movernos, ya se dieron cuenta que el acceso al patio de juegos está completamente bloqueado. ¡Vámonos! -grita York, tirando de mi brazo.

Sin más qué decir o hacer, nos encaminamos al siguiente sector de la Ciudadela, casi igual de pequeño que el anterior.

-¿Ya viste cuántas personas conseguimos? -exclama Ladbroke- Debiste ver la guerra de allá afuera. La brigada llegó a detener a cuanto pelado vieron pero la revuelta está muy intensa. Muchos entraron al comedor para cubrirse de las balas; ¡cómo duelen las canijas! A mí me pegó una en el estómago y me dejó sin aire unos segundos.

-Sí, son muchas personas. También recibí un impacto en la pierna y me dejó una hinchazón formidable. ¿Cómo vamos en entrar a otras partes? ¿Lograron abrir alguna otra puerta? -respondo con preguntas, siguiendo el rol de jefe.

-En este lugar casi todas las puertas son de esas que no se pueden derrumbar; hay dos en ese lado -indica Yong con su dedo-. Nadie está seguro si debemos o no acceder para allá, como están una a lado de la otra no sé de qué pueden ser.

-¡Hay que averiguarlo! Por más que todos estén emocionados y quemen o arrojen cosas, se van a acabar si no nos movemos. Si nos estancamos en un solo lugar seríamos propensos a gas lacrimógeno o una emboscada -grita York, con su paranoia habitual.

-¡Venga, volemos un par de cosas! -dice Phil.

Mientras un grupo de reos desconocidos golpean las puertas con rocas y sus manos, se escucha una leve explosión proveniente del primer bloque de celdas. Volteo y vislumbro, a lo lejos, muchos guardias de la brigada vestidos de negro, con cascos, lentes, la cara cubierta y ametralladoras. Price lleva dos palos de béisbol, uno en cada mano, su cara es de emoción y alegría.

-¡Así los quería a todos! ¡Como ratas atrapadas en un laberinto!

*¡Oh, mierda!*

SALVADOR A. VILLANUEVA BEK

## 49

Al darse cuenta de los nuevos invitados, todos toman algo para golpear o lanzar y comienza la riña contra los policías. Mientras, nosotros, del otro lado de la pelea, tratamos de abrir esas dos extrañas puertas con más ganas y fuerza.

-¡Rápido! ¡Debemos derribarlas para huir de ese malnacido! ¡Parece que su deporte favorito es noquear reos porque lo hace muy bien! -exclama York, al observar lo fácil que es para el capitán golpear y quebrar personas con sus palos de béisbol, riéndose durante su pelea.

*¿Dónde está Zack? ¿Por qué no me ha llevado con él? ¡¿Qué se supone que está haciendo?!*

El acceso derecho cede primero, y sin esperar ni un segundo más, nos introducimos en un pequeño cuarto de máquinas con un guardia adentro. En el acto, lo golpean hasta la inconciencia, lo arrojan a una esquina y toman su macana, sorprendentemente no lleva armas.

En la sala hay todo tipo de cables, tuberías y cosas funcionales para cualquier edificio.

-¡Pongan de nuevo esa puerta y cúbranla! ¡No dejen pasar a nadie más o no cabremos! Jalen todos esos cables, capaz de que cortamos la luz o algo por el estilo, así en media hora estaremos a obscuras -digo serena y autoritariamente, observando todo lo que hay alrededor.

Charlie y Pablo retienen el acceso con mucha fuerza mientras los demás tiran de los cables y buscan más objetos que nos puedan servir.

-¡Encontré un par de linternas! -grita Zeke.

-¡Yo un desarmador plano! -exclama Barden.

-Yo... no sé qué rayos encontré -dice York.

Me aproximo hasta el lugar que indica el ladrón y descubro una caja con llave que tiene una inscripción roja que dice: "En caso de MORSC".

-Yong, rómpela, por favor. Veamos qué contiene -replico.

*¿Qué significa eso? ¿Pasará algo si lo acciono?*

Una vez abierta la caja, observamos una palanca roja con un contorno amarillo fosforescente.

-No estoy muy convencido de esto -asegura York-. Primero nos encontramos con un guardia desarmado en un cuarto así y luego esto. No me late.

-Tal vez el oficial entró después de que empezara el motín y dejó sus armas en otro lugar. Puede que hasta las haya escondido en alguna parte para que no tomáramos posesión de ellas -afirmo, buscando otro acceso a la sala.

-¡Aquí hay una escotilla en el suelo! Es metálica pero no se puede abrir, no tiene mango -exclama Yong.

-¡Hagan algo rápido! ¡No dejan de empujar la puerta y el ruido de disparos se oye cada vez más cerca! -grita Charlie entre jadeos.

SALVADOR A. VILLANUEVA BEK

—¡A la mierda! —digo, mientras tiro de la palanca de siglas "MORSC" hacia abajo.

Al instante comienza un ruido infernal de alerta y de movimientos metálicos, provocando un estruendo afuera de la sala. De pronto, los dos contenedores de la puerta salen disparados y una capa de acero se desliza rápidamente de arriba hacia abajo hasta sellar por completo el lugar.

—¡Demonios! ¡Debe de ser un mecanismo antimotines o algo por el estilo! ¡Ahora estamos atrapados! —afirma con terror York.

Como si algo escuchara su miedo, la escotilla del suelo se abre.

—¿Habrá pasado esto con todas las puertas? Capaz de que encerramos a todos dentro de cada bloque y ahora nadie puede salir —dice Ladbroke.

—Creo que sí se cerraron, pero las comunes, a la que reos podrían acudir. Básicamente, atrapamos a todos nuestros colegas mientras los guardias pueden desplazarse libremente y contener el motín —le contesta Barden, destacando un poco de inteligencia.

*¿Será eso posible? Suena bastante lógico y probable. Price nos comentó una vez sobre otras medidas de seguridad más avanzadas. La cuestión es: ¿por qué no lo activaron dos horas atrás?, al inicio de la revuelta.*

—Si lo que dices es correcto debemos marcharnos, sabrán que estamos aquí —aseguro.

—Albert, hay un pequeño problema con eso. ¡No hay salida, la única que existía fue sellada por una capa de metal! —replica histérico York.

—Debemos aventurarnos por la escotilla. Es eso o quedarnos aquí y defendernos con desarmadores y linternas.

Todos miran al instante la extraña trampilla metálica y cuadrada que está a sus pies. Después de unos segundos de raciocinio, Pablo dice:

-¡Andando, idiotas! ¡No deber tener miedo a obscuridad! -toma una de las linternas y baja la escalera incrustada en la pared hasta llegar al piso.

Para demostrar su valor, seis secuaces más se meten detrás del mexicano, armados con las herramientas del lugar, la macana y las picas.

-¿Estás seguro de esto? ¿Crees que haya algo bueno al final del túnel? -pregunta dudoso York cuando estamos solos en la pequeña habitación.

-Mira, no lo sé. De lo que estoy seguro es que el plan de Zack no involucra quedarnos atrapados aquí. Mejor vámonos.

Diciendo eso bajamos por la escalera de la escotilla.

## 50

El largo corredor del túnel tiene marcado en el suelo la ruta de salida con rayas fosforescentes. Consta de un pasillo extenso, angosto y en una sola dirección.

-¿De cuántas linternas disponemos? -pregunto en la obscuridad.

-Tres: una la tiene Zeke, otra Pablo y la última Yong -contesta York.

-Okay, debemos hacer esto rápido, no veo que haya otra salida. Ustedes tres vayan al frente y alumbren lo más que puedan, serán nuestros ojos; nosotros correremos detrás de ustedes. Si algo anda mal apaguen las linternas y nos detendremos -explico.

Sin una respuesta, comenzamos a trotar para que las luces no nos dejen atrás.

Después de cinco minutos de andar continuamente, doblamos a la derecha según las rayas en el piso y observamos una escalera de caracol sin fin. Apartando toda duda o inseguridad, subimos al mismo ritmo que en el corredor.

-Güey, esto no me late. Seguramente nos llevará directo con guardias -se preocupa York en susurro.

-¿Y qué pretendes que hagamos? No veo ninguna otra solución más que correr y seguir estas malditas tiras amarillas.

Continuamos con el ascenso hasta que la escalera termina y nos topamos con una puerta.

*¿Y si tiene razón? Capaz de que éste es un acceso que los guardias usan frecuentemente. A ver, analicemos: hemos subido escaleras por tres minutos. Por más altos que sean los pisos, esta escalera seguro conduce a una de las torres. Tendría lógica: si empieza un motín, tienen una forma segura de llegar hasta la palanca esa. Entonces lo que está detrás de la puerta es...*

Antes de que pueda reaccionar del todo y evitar lo obvio, Pablo abre la puerta. El ocaso se ve al horizonte, al igual que ocho rifles que nos apuntan directo a la cara, provenientes de la brigada antimotines, en una de las famosísimas torres del capitán.

*¡Estúpido! ¡Era evidente que esto pasaría! ¡¿Cómo no me di cuenta antes?! Si tan sólo Zack pudiera explicarme qué debo de hacer, no me metería en tantos problemas.*

-¡Ja! Miren quién nos ha ayudado a activar la palanca para motines o reos sin control. Nuestro buen amigo Albert y el séquito de Samael. ¡Espósenlos a todos y llévenlos a mi oficina! -exclama eufórico Price, detrás de los oficiales armados.

-¡Al demonio! -grita Phil, abalanzándose sobre el capitán con el desarmador en la mano.

El fortachón reacciona y para el arma que impactaría justo en su ojo. Luchan un poco hasta que logra tumbarlo al piso y le patea la cabeza, dejándolo inconsciente. En el acto, todos tratamos de forcejear contra los guardias para tratar de huir.

Golpeo a dos hasta que un tercero me logra derribar. York intenta inútilmente tumbar a Price junto con Zeke y los demás confrontan a sus propios guardias. Después de forcejear un rato los nueve guardias, incluido Price, nos retienen a todos en el suelo con las manos en la cabeza.

-¡Idiotas! ¡Son tan brutos como para pensar que nueve reos ordinarios podrían contra mí y la brigada! ¡Todos deberían morir como el malnacido éste! -grita, pateando de nuevo la cabeza de Phil.

Con las armas apuntándonos y las esposas colocadas, no podemos movernos ni tantito, sólo vemos que el tronchado capitán toma a Phil como si fuera una servilleta y lo arroja por la escalera de caracol, justo por el agujero central, causando mucho estrépito y sonidos metálicos escalofriantes.

*¡Phil! ¡No...!*

-¡Ahora! ¡A menos de que alguien quiera compartir ataúd con su amigo, les recomiendo que se muevan con cautela hasta su destino! ¡En este tipo de situaciones tenemos la autorización para "detener" a los reos de cualquier forma! ¡No jueguen conmigo! -grita eufórico, exponiendo que puede matar a diestra y siniestra y mentir en el papeleo.

En total silencio salimos de la torre central custodiados por un rifle en nuestra espalda y las manos esposadas. Nos dirigimos a la acogedora y pintoresca oficina de la que he pasado de golpes a refugio y a cautiverio en tan sólo cinco días. Al recorrer todo por arriba, observamos que muchos bloques siguen en total anarquía e incendian y rompen todo lo que ven. La zona cero tiene muchos policías que tratan de bloquear el muro y recoger cuerpos para regresarlos a sus celdas o alguna otra parte en la que los puedan contener.

-¡Como pueden ver, la revuelta continúa en casi toda la Ciudadela! Pero no se preocupen, gracias a la palanquita que activaron en un par de horas todo estará de vuelta a la normalidad. ¡Para que todos sean juzgados como deben! -expone Price, con cara maléfica y desalmada.

*¡No! ¡¿En serio ayudamos a parar todo esto?! ¡Zack me va a matar si se entera! ¿En un par de horas? Ya sería el sexto día..., puede que todavía escape, aunque no veo ni la más remota posibilidad.*

Después de una gran carcajada del nefasto Price, seguimos con el recorrido por las torres mientras el sol se oculta y la noche se va haciendo presente.

-¿Y las luces? ¡¿Por qué demonios estamos a obscuras?! ¡Tú! ¡Ve a checar el cuarto de máquinas! ¡Puede que alguno de estos idiotas haya jalado un cable! ¡Y si no es eso, averigua por qué nos cortaron la electricidad en momentos como éste! -grita molesto al notar que las inmensas lámparas están apagadas, mandando a un guardia a descubrir nuestra pequeña travesura.

*¡Ja!, ¡Ja!, ¡Ja!*

Cuando llegamos a la conocida torre administrativa, el verdadero diablo abre la puerta y nos escupe:

-¡Espósenlos al tubo de mi oficina! ¡A todos, menos a éste! -señalándome- ¡Pónganlo en la silla! ¡Asegúrense de que estén bien amarrados, necesito a todos los guardias posibles! No tiene caso que los vigilen si están encerrados. Los veré luego, estúpidos. Descansen un poco, ¡lo necesitarán!

Bajamos por su conocida escalerilla metálica de caracol. *Demasiadas vueltas por un día, espero ya no subir o bajar más por éstas porque voy a vomitar.*

SALVADOR A. VILLANUEVA BEK

–¡¿Qué?! –grita Yong.

–¡Esto es una broma ¿verdad?! –interroga Ladbroke.

–¡No es posible! –exclama Charlie.

–¿Zack? –pregunto al llegar a la acogedora oficina, iluminada por una lámpara de aceite en el escritorio vacío. El chico está sentado en la silla de la izquierda, esposado.

–Buenas noches, queridos amigos. Llevo un buen rato esperándolos.

## 51

En shock y completo silencio, somos esposados a nuestras respectivas áreas: el séquito al tubo que tiene Price; yo a la silla, a un lado del chico resucitado.

-Zack, ¿qué está pasando? ¿Dónde has estado? -susurro, cuando los guardias de la brigada se han marchado por donde entramos.

-¡¿Albert, sabías que estaba vivo?! ¿Por qué no lo dijiste antes? ¡Hume murió para asesinarlo y ahora aquí está, reposando en la morada del idiota capitán! -explota Charlie, mejor amigo del difunto reo.

-¡Cállate, animal! ¡Samael mató a nuestro amigo, no el chico! ¡Él sólo trata de ayudar! -responde York en defensa del nuevo.

-¡¿Por qué defiendes al tarado este?! -grita Zeke.

-¿Ayudar? ¡Está esposado junto a nosotros en este jodido lugar, no creo que esté ayudando mucho! ¿O sí? -expone Barden, agitando ferozmente las cadenas.

-¡Dejen que Zackary hable! ¡Les puede explicar todo! ¡Esto es parte de su plan! -ilustra el ladrón empático.

¿¿¿???

-Explícanos, por favor, antes de que nos volvamos locos -le advierto.

*¡¿Cómo es posible?! ¡¿Cómo pudo prever todo esto?! Peor aún, ¡¿por qué no me lo había dicho?!*

-Calma. Lo único que les puedo decir es que saldré en un par de horas de este horripilante lugar, quien quiera seguirme será bienvenido -contesta con una inmensa sonrisa.

-¡No creo ni en diez mil años que puedas escapar de un lugar como éste! ¡¿Por qué tendríamos que hacerte caso?! -se mofa Ladbroke.

-¡Porque sí! Si tu tonta cabecita no alcanza a comprenderlo te quedarás -estalla Zack.

*Pinche bipolar, sólo porque todos están esposados, si no tendrías más cuidado a quién insultas.*

-¡Ahora, escuchen! Podemos seguir aquí lo que nos queda de tiempo discutiendo el cómo o por qué estoy vivo, o podemos hablar de cosas más relevantes. ¡Ustedes deciden! -termina de gritar.

-¿Y cuáles son esos temas importantes? -pregunto con sarcasmo y desgane.

-Quiero saber por qué están aquí, qué los ha obligado a estar esposados en la misma habitación que yo.

-¡Eso te vale madres! -replica Yong.

-¡¿Por qué "quieres" saberlo?! -interroga salvaje Charlie.

-Al, Vertraue mir und hilf mir, bitte -me dice en alemán un poco cansado y molesto.

*¿Que confíe en él y lo ayude? ¿A qué se refiere este sujeto? ¡Si no lo he hecho es porque ya no me incluye en sus planes! Se marcha sin decirme nada y le cuenta todo a York. ¡¿Cómo quiere que confíe en él si se la pasa desconfiando de mí?!*

-¡No puedo si no me dices nada! -contesto enojado.

-¡Después te lo explico! ¡Tu problema es que no tienes paciencia, Albert! ¡Al final todo quedará claro para ti pero tienes que seguirme! -aclara, gritando como si no hubiera nadie más en la habitación.

Me quedo callado con sus palabras. Zack voltea hacia el tubo con siete reos amarrados y pregunta en un tono muy calmado:

-¿Qué hiciste, Yong? ¿Por qué estás en la Ciudadela?

El coreano voltea a ambos lados para ver la cara de sus amigos. Cuando ve que no tiene de otra contesta:

-Estafaba personas. Estuve muchos años ganándome la vida así hasta que me cacharon en una tienda de ropa con una registradora falsa, mucho dinero y como diez tarjetas de crédito.

Sin siquiera emitir un sonido de aprobación o algo, voltea a ver a Zeke y le hace la misma pregunta.

-Yo… este… robé un banco. Bueno, estaba en ello cuando mi equipo me traicionó y las autoridades me arrestaron.

Sin importarle un comino su historia, voltea a verme y me realiza la interrogante que a todos les ha hecho.

-¿Qué hiciste, Al? ¿Por qué estás en la Ciudadela?

Nos miramos fija y amenazadoramente unos segundos hasta que contesto:

-Maté a una persona, ya te lo había dicho.

-¿Por qué mataste a alguien? ¿Quién era? -replica, siguiendo con el duelo de miradas.

*No entiendo para qué quiere saber eso.*

SALVADOR A. VILLANUEVA BEK

-Albert, yo no soy tu enemigo. Sigo sin comprender por qué no puedes contestar una simple pregunta. ¿En qué momento dejaste de confiar en mí?

-Maté a mi doctor. ¿Contento? -le respondo molesto.

-Okay, después me platicarás con más calma. Creo que ya casi nos vamos.

*¡Odio que se interese en mi tema y luego lo abandone como si nada! Y, ¡¿a qué se refiere con eso?! Estamos esposados y encerrados bajo llave en la oficina del capitán, no veo que vayamos a ir a ningún lado. ¿No le iba a preguntar a todos de su pasado?*

-¿Ya casi? ¿Qué estamos esperando? -pregunta York.

De pronto, las malditas alarmas de MORSC vuelven a sonar y los chirridos metálicos retumban con fuerza.

-Eso: con la reanudación del sistema vuelve la luz y después de un par de minutos las puertas y cámaras funcionan, así que debemos movernos rápido -explica Zack.

-¡Movernos! ¡¿Cómo?! -exploto.

El chico emite una carcajada y escupe en su mano un pequeño cilindro metálico proveniente de una de las plumas del capitán.

-Como si no me conocieras, Al. ¡Es hora de irnos!

## 52

"*Servirá en un futuro, amigo mío, para manejar un par de esposas...*" *Si este güey previó un día antes esto... simplemente... ¿Qué más pruebas necesito para confiar en él?*

Zack retira fácilmente sus cadenas, se levanta, esboza una gran sonrisa y me tiende su mano a palma abierta mostrando su llave mágica.

-¡Vamos, mi buen Al! ¡Terminemos con esto!

*No es posible que hace cinco minutos lo hubiera matado a golpes por sus secretos y actitudes, y ahora estoy feliz y enérgico para seguir adelante. ¡Ya me contagió su bipolaridad!*

Regresándole la mueca, tomo la punta metálica y, con un par de movimientos, retiro por completo las esposas. Ambos volteamos con los reos del tubo; todos tienen cara de incertidumbre y sorpresa.

-¿Lo ven? ¡Les dije que este chico nos sacaría de aquí! -exclama la segunda mano del diablo.

-¡Venga! Díganme quién se quiere ir y quién se quiere quedar. Con gusto los libero.

Al unísono, todos gritan que quieren ser liberados y una vez que el tubo queda vacío, la mayoría da las gracias y muestran un poco de afecto por el niño.

-York, la llave, por favor -dice autoritariamente, extendiendo la mano al solicitado.

De inmediato, éste saca un llavero dorado conocido y se lo entrega a Zack.

*¿Dónde las he visto antes? ¡Claro! ¡Son las del capitán! ¡¿Cómo las consiguió?!*

-Le encargué esta tarea porque sé que es muy buen ladrón. Se la quitó a Price en la torre -aclara, leyéndome de nuevo la mente.

-¿O sea que sí lo tienes todo planeado?

Como respuesta obtengo un discreto pero claro guiño de ojo y una sonrisa.

-¿Por qué quieres ir para allá? Del otro lado están las torres, es más probable que salgamos por ahí -pregunta inteligentemente Ladbroke.

-No es tan fácil. Los guardias pueden seguir arriba y debemos hacer un par de paradas en nuestro camino a la libertad. ¡Rápido, que ya casi se reanuda el sistema!

Diciendo eso, se aproxima velozmente a la puerta de madera y la abre de par en par, accediendo a las oficinas de los administrativos con la lámpara de aceite en la mano.

-¡Saquen todos los papeles que encuentren y pónganlos en el centro! ¡Busquen cosas que nos puedan servir de armas! -manda Zack.

Sin dudar, todos arrasan con la ajetreada oficina y esculcan en cada uno de los escritorios, aventando y revoloteando papeles. York rompe la cámara ubicada en la esquina con un ordenador, mientras el nuevo jefe busca como loco algo en un archivero.

-¿Te ayudo? ¿No lo quemaremos todo?

-No, gracias. Prefiero que apoyes a los demás en buscar una herramienta o algo. Estoy buscando mi expediente.

-¿Para deshacerte de él?

-Ajá -responde cortantemente, muy metido en los nombres que contiene el archivero.

-¡Albert, mira! -grita Barden a lo lejos- ¡Encontré un martillo!

-¡¿Qué?! ¿Por qué tendrían los administrativos algo así? No veo ni cuadros en la pared que hayan colgado.

Con la oficina vuelta un caos, tumbamos los escritorios, ponemos los papeles en medio de la sala, y rescatamos engrapadoras, un abre cartas, perforadoras y plumas.

-Hey, tú, el del martillo, abolla las cosas esas del techo para que no pueda salir agua, pero no la rompas -le exclama el chico.

Barden acata la orden y da tres golpes hasta que el metal cede y queda torcido.

-¡Ya, listo! ¡Háganse a un lado! -grita Zack desde la esquina de la puerta opuesta a la de Price, aventando con fuerza la lámpara de aceite directo al centro, causando que se prendan de inmediato.

La alarma de incendios se activa y suena estrepitosamente en toda la sala. Un chorrito de agua trata de salir por el rociador pero se atora y cae en línea recta, permitiendo que el incendio se propague. Al mismo tiempo la luz de la sala se enciende y la puerta que da al siguiente cuadrante comienza a cerrarse. Reaccionamos y corremos para pasar a través de ésta. El chico, que está pegado a ella, pasa primero, seguido de mí y de otros cuantos reos.

-¡Maldición, casi no lo logramos! -dice eufórico York- No ha faltado nadie, ¿verdad?

-¡Charlie y Pablo no están! -grita Zeke, quien se levanta al instante y golpea la puerta cerrada con el martillo. Sin éxito alguno para y vuelve a gritar:- ¡Váyanse por la oficina de Price, esa sí está abierta, luego volveremos por ustedes!

-Tienen una salida más factible que la nuestra, no se preocupen por ellos -replica Zack, despreocupado por unos reos sin importancia. Mientras, se levanta y admira el bloque Z en perpetuo silencio.

*¿Y si se encuentran al capitán? No creo que les vaya muy bien, por algo nos venimos por acá, pinche güey desalmado.*

-¿Qué hacemos ahora? Parece que el motín no ha llegado hasta acá -pregunta York.

-Mientras no vuelvan a accionar esa alarma que cierra puertas y ventanas, debemos seguir propagando a los reos a otros sectores. Parece que toda la zona Este está contenida. Veamos qué conseguimos de la sala administrativa -expone el chico.

-Esto es todo -le digo, mostrándole los artículos más comunes de una oficina.

-¡Un abrecartas! ¿Por qué no lo dijeron antes? ¡¿Quién tiene el encendedor?! -grita emocionado el profeta.

Todos palpamos nuestros bolsillos y descubro que lo tengo. *Se me había olvidado...*

El ingeniero lo prende y calienta la punta de la afilada herramienta. Después de unos segundos, cuando ésta se encuentra al rojo vivo, la introduce con fuerza en la herradura eléctrica de la puerta, causando unas chispas y que la puerta se abra. Las llamas de la oficina ya son demasiado altas como para ver a los dos desaparecidos.

-¡Charlie! ¡Pablo! -exclama desesperado Zeke, sin obtener respuesta alguna.

Aún con el fuego en su pleno apogeo, escuchamos ruidos provenientes de la oficina de Price.

-¡Vámonos! -grita Zack, sin dar ni una explicación o esperar una respuesta.

Como perros tras un coche, corremos hasta el otro extremo de la sala y reposamos en la siguiente puerta. Al instante y con mucha prisa, el chico vuelve a repetir la operación del encendedor y abre el acceso al misterioso y tortuoso bloque X.

-Sabes lo que debes hacer -me susurra, entregándome las llaves del capitán-. Leíste la carta, así que cumple con tu deber. Yo los alcanzaré más tarde.

-¿A dónde vas?

-Necesito hacer un par de cosas aquí, luego iré al cuarto de vigilancia. Deséame suerte -exclama, y sale corriendo hacia alguna parte, dejándome en total incertidumbre.

*¿Cómo sabe dónde está ese cuarto? ¿Entrará por la parte de arriba o algo así? Leíste la carta… ¡¡Eso qué significa?!*

-Al, ¿qué hacemos? ¿Por qué se ha ido Zackary? -interroga York.

-Entremos al cuartito de ahí, tenemos que destruir otras cosas. No sé a dónde fue pero seguro es importante. Venga, vámonos.

Caminamos al centro del corredor y calo un par de llaves hasta que una acierta y la puerta cede. Los cinco secuaces restantes y yo entramos al recinto más horripilante de toda la Ciudadela.

-¡¿Gail?! -grito, al observar una figura amarrada y agachada en una silla, brillando por la caldera que tiene detrás.

Corro hasta el moribundo guardia; cuando le levanto la cara me doy cuenta que me equivoqué de persona.

-¿Albert? -pregunta cansado Samael, volteándome a ver con la cara ensangrentada.

## 53

¡¿Qué haces aquí?! -pregunto, con el mayor tono de duda y sorpresa que alguien pudiera realizar.

-Price me trajo. Al principio estaba sentado esperando, pero luego entró y me golpeó. ¿Oí una explosión, o se me figuró?

-Sí, el muro sur estalló a las cuatro, como decía la carta. Desde entonces la revuelta lleva un par de horas, por suerte te hemos encontrado. ¿A qué huele? -replico, omitiendo el dato de quién voló en pedazos la pared.

-Para intimidarme, el capitán me roció encima diesel como si me fuera a prender en llamas. Después se marchó, supongo que no tuvo las agallas o el tiempo para hacerlo. ¡Maricón! Bueno, ya, es hora de continuar con esto. Según la carta todavía tenemos mucho por hacer. Por cierto, ¿gritaste el nombre de Gail al entrar?

*¡Ups!*

-Sí, creí que lo habían cachado o algo por el estilo. Pero ya no importa.

*Por un segundo tuve la esperanza de que siguiera con vida...*

-Señor, que... gusto que siga con vida -exclama York, con un tono muy sutil de incomodidad.

-¡Basta de tonterías! ¡Si queremos escapar debemos de movernos rápido antes de que lleguen! -replica enojado, asumiendo su rol de jefe dominante.

-No creo que sea pronto, quemamos la oficina de los administrativos y evitamos que pasaran -contesta entusiasmado Ladbroke.

-¡¿Qué?! ¡¿Toda?! Se suponía que debía de buscar... ¡Ah! ¡No importa! ¡Quítenme estas cosas y vámonos!

*¿Buscar? La carta decía que encontrara un archivo y que lo quemara, ¿Qué importancia tiene si de todas formas incendiamos cada papel que encontramos?*

Yong retira las esposas de Samael mientras los demás lo miran con incertidumbre y sospecha. Una vez liberado, se aproxima al viejo ordenador y lo tira al suelo, golpeándolo constantemente.

-¡Ayúdenme! ¡Tenemos que destruir todo, imbéciles! -grita furioso el diablo.

-¿Por qué? -interroga York, con el mismo tono de voz de hace rato.

-¡Te vale madres! ¡Gail nos mandó a destruirlo! ¡Sólo sigo instrucciones, idiota!

*Qué raro que la segunda mano de este güey ande con esa actitud. ¿Qué lo está haciendo dudar o qué? ¿Será lo que habló con Zack? Le dijo que nos iba a traicionar, pero ¿en verdad se lo creyó? Me pareció una historia muy burda como para ser creíble.*

Con mucho estruendo, los secuaces de Samael destruyen cada pedazo del ordenador hasta dejarlo desecho e irreparable.

-De acuerdo, ahora tenemos que llegar hasta las torres, pero el único acceso que conozco está bloqueado por fuego y por Price. ¿Alguien conoce otra ruta por la cual se suba?

Todos piensan unos segundos y dan una respuesta negativa ante la incógnita del jefe.

-Yo sí -contesto-. Ayer me escoltó Valentine con los ojos vendados después de dejarte en tu celda por un camino muy extraño, pero casi no recuerdo cómo llegar.

-Entonces nos es inútil tu comentario. Sólo queda una alternativa pero está muy lejos. Al sur del comedor he visto cómo acceden, lo malo es que el motín ha de seguir en proceso por allá. Mmmm... ¡Qué más da, vámonos! -dice fría y secamente, caminando sin esperar que los demás lo sigamos.

-¿Cómo atravesaremos las puertas? No tienen cerrojo que podamos forzar o quebrar -expone Barden.

Samael contesta con una macabra sonrisa y enseña una pequeña tarjeta azul de acceso desde la puerta.

-Había una en el cajón del escritorio, espero que funcione. ¡Ya, caminen!

-Esto no me late -me susurra York al oído antes de salir del bloque X.

-¿Por qué dices eso? -le contesto en el mismo volumen de voz.

-Zackary dijo que este idiota nos traicionaría. Ahora resulta que estaba cómodamente sentado, alejado del peligro y con una tarjeta que encontró de "casualidad". No es muy coherente.

-¿Y qué propones?, no nos queda de otra más que seguirlo, sólo él nos puede dar acceso a otros sectores de este putrefacto lugar.

Bong.

Entramos al bloque de celdas desconocidas. Se encuentra atiborrada de reos gritando y festejando, lanzando y quemando todo tipo de cosas.

-¡Otra puerta abierta! ¡Vamos! -grita un alto y desconocido prisionero al vernos entrar; de inmediato diez tipos logran cruzar antes de que se cierre.

-¡Amigos! ¡¿Cómo es que han entrado?! ¡¿Samael?! ¿Y el resto de tu séquito? -se burla un reo, al verlo rodeado de seis en lugar de once.

Como respuesta inmediata el diablo le pega fuertemente y lo deja en el suelo. Por suerte no viene con nadie más que le puede ayudar a defenderse.

Nos movemos a paso lento entre la muchedumbre hasta la mitad de la sala. Entre gritos y vítores, observamos a un calmado chico güero que levanta la vista con nuestra llegada:

-¡Hola Ashley! ¡Mucho tiempo sin verte! -exclama impertinente el mágico Zack.

# 54

—¡Imposible! -grita rabioso Samael, corriendo hacia el impertinente chico.

Ante su reacción, de inmediato lo detenemos York y yo mientras los demás analizan aquel nombre, revelado indebidamente por Zack. *¡¿Por qué Price tenía que bañarlo en diesel?! No es tan sencillo sostenerlo si está resbaladizo.*

-¡No toques al chico! ¡Está de nuestra parte! ¡Nos está ayudando a salir! -exclama el ladrón, tratando de contener al musculoso jefe.

-¡¿Ayudar?! ¡Lo único que ha hecho es estorbar! ¡¿Cómo es que estás vivo, malnacido imbécil?! ¡Yo te mandé matar, vi tu sangre manchar el piso! ¡Simplemente no puede ser!

-¡Ja! ¡¿Tú?! ¡¿Matarme?! Todo lo que crees que piensas o planeas, yo voy dos pasos adelante. Preví mi muerte y la observé en primera fila desde una de las torres. Vi tu cara de satisfacción cuando un sujeto parecido a mí y Hume morían -replica más insolente aún el profeta.

-¡Zack! ¡No tienes que ser grosero! Si suelto a Samael te matará a golpes, bájale un poquito a tu tono -interrumpo, conteniendo con todas mis fuerzas al diablo.

-¡Que lo intente! ¡No creo que nadie lo defienda! ¡Por si no lo notaste tú ya no tienes el control de esta operación! -se mofa.

-¡Arrogante! ¡No tienes ni idea de qué es todo esto! ¡No sabes nada sobre cómo escaparte! ¡Podrás saberte algunos trucos de ingeniería, pero a ti nadie te apoya en el exterior! ¡Yo tengo de mi mano a Price y a los guardias!

*Si supiera que la carta y demás es mentira...*

-Okay, digamos que eso es cierto. Entonces, ¿por qué estabas amarrado siendo golpeado por tu protector, eh? -grita, poniéndose un poco agresivo.

-¡Pues porque...! Espera, ¿cómo sabes dónde estaba?

-¡Ja, ja, ja! ¡Ignorante! ¡Ya les conté a todos sobre tu trampa! ¡Ya saben que los ibas a abandonar, que el mismo capitán te "puso" ahí para mantenerte a salvo y luego poder escapar!

Al terminar de escucharlo, se logra soltar de nuestro agarre y corre tras el chico, quien huye de su perseguidor. *¡No, Zack!*

Todos seguimos a Samael para tratar de contenerlo y poco a poco nos perdemos en la multitud. Entrando a mi bloque de celdas, por un hoyo en el que alguna vez hubo una puerta de acceso, ubico al jefe y lo encuentro metiéndose a mi celda todo cansado.

-¿¡Y el estúpido ese!? -grita entre inhalaciones profundas- ¡¿Dónde se ha metido este imbécil?! ¡Lo tenía hace dos segundos, lo vi entrar aquí!

Todos llegan a la reunión mientras el diablo revisa debajo de mi cama en búsqueda del mago desaparecido.

-¿¡Ustedes lo vieron?! ¡Quiero al mequetrefe idiota ahora mismo! -demanda de nuevo Samael.

-¿Y para qué lo quieres? -pregunta York con incertidumbre.

-¡¿En serio estás preguntando eso?! ¡Les dijo mi nombre a todos y se la pasa insultándome, además de decir tontería y media! ¡No voy a tolerar más actitudes de este arrogante niño que lleva menos de una semana aquí!

-En realidad ya es el sexto día desde hace un par de horas y hoy es el día en que escapará. Creo que debemos hacerle caso y dejar de ahuyentarlo o nos dejará aquí -expone el ladrón muy seguro de lo que dice.

Como respuesta, Samael le pega en la cara, haciendo que se caiga al suelo y que todos lo miren con duda y odio.

-¡¡Sigues sin entender!! ¡Yo te sacaré de aquí! ¡No él! ¡Zackary no sabe nada! ¡Yo soy el que recibió la carta con nuestro escape! ¡Es a mí al que ayudan! ¡No a él! ¡Jamás, repito, jamás quiero que vuelvas a dudar de mi poder! ¡Por mucho tiempo los he cuidado y protegido, nadie los tocó! ¡Y ahora me sales con esta estupidez! ¡No sé en qué concepto me tienes, York, pero te prometí que escaparíamos! ¡Así que no vuelvas a decir una sola palabra en mi contra! -y con esa última exclamación, le acomoda una patada en el estómago.

-¡A ti te ayudan! ¡¿Pero... quién nos ayuda a nosotros?! ¡El chico nos lo advirtió! Todo esto es para que salgas y lo compruebo con tu actitud. Lo intentaste matar más de una vez porque no quieres que nadie salga. -le replica entre jadeos, tumbado en el piso de mi celda.

*Esto es increíble, Zack los puso en contra. Divide y vencerás, dice la frase. ¿Con qué motivo inventó todo esto?*

Antes de que el diablo conteste las difamaciones o golpee de nuevo al pobre ladrón, Yong advierte:

SALVADOR A. VILLANUEVA BEK

-¡Oigan! ¿Qué es eso que está en el escusado? ¿Es una nota?

Barden se acerca al retrete y observa un pedazo de papel bien colocado en la palanca de desagüe.

-Dice: "Samael, cuando estés listo para continuar, levanta la tapa, te estamos esperando. Atte. Cpt. T. Price." -lee el secuaz del jefe en voz alta.

*¿¿¿??? ¿Cómo? ¡¿Qué?!*

Nos acercamos a ver la nota. Al leerla, se dan cuenta de su realidad y todos voltean a ver al traidor con ojos de desprecio. Todos menos yo. *Es de Zack, lo está incriminando, pero no entiendo para qué.*

-¡Esas son mentiras! -grita el diablo enfurecido y se sale de la celda embramado.

De inmediato salgo detrás de él y le pregunto:

-¿Qué es todo esto? Sé que quieres mantener el control pero date cuenta de que los estás empujando a la anarquía. Mira a tu alrededor, es un caos total. Si deciden ya no apoyarte estarás arruinado.

-Siempre has sido sabio, Al. ¡Pero estoy harto que me culpen de todo! ¡Se están sembrando esa duda que puede llevar a mi exterminio! -exclama con rabia.

Antes de poder continuar, York sale enojado de la celda y le reclama:

-¡¿Qué te pasa?! ¡No creo que estés en posición de prescindir de más gente!

Y, de nuevo, como si alguien lo escuchara, surge una gran explosión de mi celda, causando humo y agua por doquier.

## 55

-¡Ajá! ¡Malditos perros! ¡Los estábamos esperando! -grita Price, entrando por el hoyo de mi celda, seguido de decenas de guardias y oficiales de la brigada.

En ese momento muchos reos se abalanzan sobre los recién llegados y comienzan una riña muy dispareja: los policías arrojan gas lacrimógeno y entran con escudos y macanas para golpear a su antojo. En lugar de apoyar una lucha invencible, les grito un "corran" y Samael, York y yo, nos dirigimos a las puertas más conocidas de toda la Ciudadela: las del comedor.

-¡¿Qué rayos fue eso?! -grita el ladrón, entrando al desolado lugar en el que comemos.

Sin poderle contestar por la carrera, atravesamos montañas de tablones y sillas apiladas y destrozadas. En los accesos hay barricadas de cientos de escombros: desde bandejas hasta cubiertos. *Sólo les faltó fuego a estos trogloditas para terminar por completo su motín.*

Llegando al acceso que nos había dicho el jefe, quitamos un par de tablas y desechos y atravesamos el umbral que da a la torre de la esquina del recinto.

-¡Paren! ¡Dos minutos… de descanso! -exclama el diablo agotado.

-¡Te voy a volver a preguntar! ¡¿Qué demonios ocurrió allá atrás?! ¡¿Por qué hubo una explosión?! -le pregunta York a Samael.

*No sé cómo pero estoy seguro que Zack tuvo algo que ver en esto. Justo se pierde de vista cuando entramos a mi celda y luego explota. Algo no está bien.*

-¡Arrogante cretino! ¡¿Por qué crees que tuve algo que ver con eso?! -le contesta el jefe.

-¡Porque justo cuando descubrimos la nota te saliste, casualmente librándote de la explosión! Barden estaba por levantar la tapa cuando me fui. No entiendo cómo le hiciste pero seguro forma parte de tu plan de deshacerte de todos ¡Hasta le avisaste a Price que estaríamos ahí y que volarías la pared!

*¡Claro! Se me había olvidado por completo. El chico le dijo al capitán que habría dos explosiones y que Samael intentaría escapar por ahí, por eso estaba esperándonos. ¡Todo sigue siendo parte de su maldito plan!*

-¡Escúchame bien, mequetrefe imbécil! No tengo idea de lo que estás insinuando; nada de eso tuvo que ver con la carta ni nuestra forma de escapar. Lo único que les dije fue que debíamos venir a este jodido acceso y todo lo de Zackary se atravesó. ¡Sólo intento salir de aquí! ¡Si vas a seguir dudando, es mejor tomar caminos separados! -le dice el diablo.

-¡Basta! ¡Ambos, cállense! Estamos perdiendo el tiempo con cada discusión. York, trata de tolerar un poco más la situación. Samael, sé más condescendiente con toda esto -replico, interrumpiendo su absurda riña.

-¿Condes... qué? ¡No sé de qué diantres hablas, Al! ¡Pero soy el único que no entiende de qué se me acusa! Desde que los encontré este inútil no ha hecho más que difamarme de algo que no sé qué sea.

-¡Zack me advirtió que esto pasaría! ¡Eso es todo! ¡Me advirtió de todas tus actitudes nerviosas y desviantes, sobre toda tu treta…! -le grita su segunda mano, hasta que le doy un golpe en la mejilla izquierda que lo tumba.

-¡Para! -le susurro muy quedito en el oído- Sigue con la corriente, nos conviene quedarnos con él un rato más.

*A este güey le habrá dicho muchas cosas, pero yo tengo instrucciones claras de apegarnos al plan del jefe y que todos lo hagan. Debe aprender a callarse.*

-Gracias, Albert. Veo que tú eres todavía un fiel amigo y quieres salir de aquí. Vámonos ya, los guardias deben estar cerca. Si la basura inaudita que tienes como aliado decide venir es bienvenido, pero no puede hablar el resto del viaje.

Sin una respuesta, Samael sube a paso lento las escaleras, precavido ante cualquier guardia que acceda desde arriba. Ayudo a York a levantarse, coloco un brazo suyo en mi hombro y nos encaminamos detrás del ahora despreciado jefe.

Después de subir, logramos abrir la puerta de la torre y salimos a la ciudad de los cielos que mantiene a todos los presos en total control: se encuentra desierta. *Todos los guardias deben estar conteniendo mi bloque. El amanecer se aproxima y parece que todo este espectáculo va a terminar pronto. ¿Pero dónde está Zack?*

-Debemos ir hasta la torre de allá. Creo que está muy cerca del hoyo en la pared, así que procuremos tener mucho cuidado -dice serenamente el diablo.

Caminamos atrás de Samael hasta alcanzar nuestro destino. Antes de entrar, York me detiene y me susurra:

—Me canso de decírtelo pero, esto no me late.

—Tranquilo, yo confío en que es parte del plan original. Terminemos con esto; en cualquier momento el sol saldrá y tendremos menos oportunidades de escapar.

—No estoy seguro de que sea buena idea rapelear justo por donde los guardia entraron para después correr como gacelas a sus espaldas. No es nada lógico, Al —me contesta.

—Pásenme la cuerda, asumo que todavía la tienen —indica el jefe, estirando fríamente su mano para recibirla.

Sin ninguna muestra de afecto, el ladrón retira de su abdomen la herramienta de escape y se la entrega con desprecio a su solicitante.

Samael golpea con su codo el vidrio de la torre y extiende la cuerda por la pared, busca dónde amarrarla y termina haciéndolo en la manija de la puerta. Al instante, se trepa en la ventana rota y empieza a descender.

—¡Alto! ¡Tú no debes ir primero! —grita enérgicamente York.

—¡La carta dice que así debe de ser, genio! —replica, deteniendo su bajada.

—¡Exacto! Así es como debes de estar —dice calmadamente Zack, apareciendo mágicamente en la habitación.

## 56

—¡¿Tú otra vez?! -grita el diablo, tratando de volver a escalar lo bajado sin éxito.

—¿Zack? ¿Qué está pasando? ¿De dónde saliste? -pregunto con intriga.

—Justo detrás de la puerta, esperándolos.

—Tenías razón en todo, chico. Samael ha hecho cada cosa que previste: sus actitudes, movimientos, todo concuerda; no puedo creer que fuera tan ciego -revela York misteriosamente.

—Qué bueno que descubrí su plan, o cuando terminara de descender por la cuerda nos abandonaría. Te iba a traicionar, pero ya que lo tenemos así, es hora de su redención.

—¡Mocoso impertinente! ¿Cómo osas decir ese tipo de cosas? ¡Al, haz algo! ¡Ayúdame a subir o mátalo! ¡Ya hay luz y seguimos aquí! ¡Tenemos que irnos! -grita el jefe, desesperado al no poder subir de nuevo.

Volteo a ver al chico y lo único que hace es poner una mueca de inocencia y mover horizontalmente su cabeza en forma de negación.

—Al, todavía no te das cuenta, ¿verdad? ¿No sabes por qué estamos aquí varados?

*Mmmm… ¡No!*

-Trato de comprender, Zack, créeme que sí. Sé que esto sigue siendo parte de tu plan pero ya no veo qué es lo que sigue.

-Ya sé qué es lo que pasará. Tal vez sea improvisado pero esto no puede seguir así, no aguanto la traición de este malnacido. -dice York enojado.

-¡No existe ninguna, imbécil! ¡Date cuenta, Zackary te está manipulando! ¡Soy tu jefe y siempre te protegí! -exclama Samael, bajando un poco más de la cuerda.

-Al, éste es tu momento de brillantez. Piensa en los detalles, en los más profundos y encontrarás una respuesta. No te puedo decir todo, algunas cosas están ocultas en tu cabeza, sólo tienes que recordar -dice serena y misteriosamente.

*¡¿De qué hablas?! ¡Sólo dilo, idiota! ¡¿Por qué todo este teatro?!*

-Ese es el último sentimiento que alguna vez creí que saldría de ti, Ashley: Desesperación. Seguro te carcome las entrañas estar allá abajo con nosotros viéndote -expone mofándose el chico.

-¡Eres estúpido si crees que siento miedo! ¡Eso jamás lo he sentido ni lo sentiré! -grita, resbalándose unos cuantos centímetros- ¡Y mi nombre no es ese, soy Samael, el ángel caído de la fuerza! ¡Ni tú ni nadie puede contra mí!

*No comprendo. ¡¿Por qué parece que todos entienden menos yo?! ¡No hay nada lógico ni deducible en todo esto!*

-Eres un completo ignorante y un charlatán, te lo dije desde que llegué. Yo soy la gota que vino a desparramar tu vaso. Lo peor de todo es que no me creíste, no entró en tu pequeño cerebro que esto en verdad pudiera pasar.

-Zack, por más que intento encontrar una explicación no puedo. Si tienes algo que decir te pido que lo hagas ya, el sol salió por completo y nosotros seguimos varados en la torre. ¿Por qué no descendemos y nos vamos de aquí?

-Porque ésta no es nuestra salida, Al. Éste es el fin de alguien que no merecía vivir -dice macabramente el profeta.

-¡Eres un…! -empieza a gritar Samael, silenciado por un drástico descenso por la cuerda.

-¡Ya dámelo! ¡Necesito hacer esto! -exclama York.

-¿Darte qué? -pregunto nefasto.

-Tú no, Albert.

Veo que Zack extrae el pequeño encendedor que ha pasado por muchos bolsillos en la misma noche y se lo entrega al ladrón.

-¡No te atrevas, imbécil! ¡O te mataré a golpes y te cortaré cada maldito miembro! -grita fuertemente el diablo.

*¿A qué se refiere con…? ¡Ah! ¡Claro! Samael se resbala cada vez más por el diesel que le roció Price. No puede ser, ¿cómo no me di cuenta antes?*

-Verás, Ash. No creo que te encuentres en posición de demandar algo. Has cometido graves delitos dentro y fuera de la Ciudadela. Ha llegado hora de que los pagues completitos -dice, sacando un papel arrugado de su playera que le da al ladrón.

York acerca el encendedor al papel y lo utiliza de antorcha para acercarlo a la cuerda. En ese momento y por primera vez en la historia, observo la cara de Samael, asustado y temeroso. El miedo se infunde en él y aunque intenta descender más rápido por la cuerda, la flama lo alcanza instantáneamente. De inmediato se prende, cubriéndolo por completo. A unos veinte metros del suelo la cuerda se rompe, dejando caer al siempre fuerte y autoritario jefe envuelto en llamas, hasta el piso.

SALVADOR A. VILLANUEVA BEK

Volteo a ver al misterioso chico, que contempla gustoso el terrible asesinato del diablo y esboza la mayor expresión de felicidad.

-Ahora lo entiendes, Al. Éste era mi propósito, mi fin.

## 57

-¿Fin? ¿A qué te refieres con eso? -pregunto maravillado.

-Ay, Al. Hace poco me preguntaste eso. La respuesta que te doy, te la digo hasta ahora porque antes no hubieras entendido nada -me explica el ingeniero.

Antes de seguir hablando algo irrumpe en la sala rompiendo un vidrio. Cuando cae al suelo vemos que es una granada de gas lacrimógeno.

-¡Corran! -exclama histérico York.

Rápidamente, abrimos la puerta opuesta a la de nuestra llegada y corremos como si vinieran persiguiéndonos toros en las calles de Pamplona.

-¡Tres reos hostiles se dirigen hacia la torre noreste! ¡Código rojo! Cambio -dice un policía de la brigada.

*¡¿Hostiles?! ¿Quién lanzó la granada? Animales...*

No reparamos en el lugar al que llegamos, sólo recorremos velozmente los puentes y accesos, siguiendo la espalda de Zack.

-¡¡¡Awww!!! -grita York con dolor.

Cuando volteo, observo al ladrón en el suelo agarrando su pierna. Una bala real impactó en su pantorrilla derecha y sangra mucho. Sin pensarlo, me detengo y regreso por el adolorido reo, lo cargo con mucha fuerza y lo coloco en mi hombro, sosteniendo sus pies con mis brazos.

-¡¿Qué haces?! -reclama el chico al observar mi retraso.

-¡No voy a dejarlo atrás! ¡Puede que te hayas desecho de los demás pero no puedes hacer lo mismo con York!

-¡¿De qué hablas?! -interroga molesto, ayudándome a sostener la mitad del cuerpo- ¡Yo no le disparé!

-¡Cállate! ¡No perdamos aliento discutiendo lo mismo! ¡¿A dónde vamos ahora?!

-¡No sé! ¡No veía esto venir! ¡Quién sabe cómo se enteraron de que estábamos arriba! -grita agitado y desesperado.

*Tal vez el cuerpo de Samael en llamas les indicó algo. Estúpido.*

Seguimos corriendo por donde quiera que vemos camino hasta acceder a la torre de la esquina suroeste, en el patio de juegos.

-¡Bajemos por aquí! ¡Les llevamos bastante ventaja! -exclama el chico.

Descendemos cautelosamente los escalones en forma de caracol con York en nuestros brazos y al llegar a la puerta de salida, Zack susurra:

-Espera, veamos si los desorientamos con eso y se siguen de frente.

-¡No seas ridículo! ¡Si ven que entramos en una torre y no salimos por la siguiente sabrán que bajamos! ¡Pensé que eras más listo! ¡Si estos trogloditas nos encuentran estamos muertos! -repongo en voz baja.

-No tengo tiempo para explicaciones, Al. Estamos aquí porque necesitamos un respiro y me "muero" por saber algo. Necesito que me contestes con toda la verdad.

*Ahí va de nuevo…*

-¿Qué pasó? Ya sé que mataste a un doctor, pero ¿por qué?

-No creo que eso tenga mucha importancia -contesto, desviando el tema.

El chico nuevo me observa con sus coloridos ojos, pone una expresión serena y a la vez apacible, indicándome que ya nada importa: ni los secretos, ni los planes, ni nada.

-Mi esposa se estaba muriendo. Le dio una enfermedad muy extraña y un día le pegó mucho más fuerte. Acudí al médico para rogarle que me fiara la medicina, le dije que se la pagaría en cuanto llegara el fin del mes, era urgente. Sólo quería apaciguar un poco su dolor, eso era todo.

-Y al no dártela tuviste un arranque de ira, lógico. ¿Cómo está ella ahora?

-Me dicen que bien pero… -digo con un gigantesco nudo en la garganta- No estoy muy seguro, desde que me encerraron aquí el gobierno la internó en un hospital público y se llevaron a mi hija. Dependiendo de su recuperación determinarán qué hacer con Sarah -me detengo, antes de soltarme en un mar de lágrimas.

-Sabía que eras inocente, Albert, pero no que eras tan valiente. El estar aquí probablemente salve a tu esposa. Este sacrificio por tu familia te será recompensado, ya lo verás.

-¡Alto ahí! ¡O disparamos! -nos grita una voz desde las alturas.

Sin pensarlo salimos corriendo por el acceso al patio de juegos.

SALVADOR A. VILLANUEVA BEK

-¡¡¡Awww!!! -grito, al sentir un inmenso dolor en el hombro que me obliga a desplomarme, tirando también al ladrón.

-¡Tranquilo, Al! ¡Mantente despierto en lo que entramos a la Ciudadela! ¡Lo siento por York pero eres más importante! -exclama Zack, al ver el balazo y la sangre en el piso.

Me levanta con mucho trabajo y anda lentamente por la desértica zona cero. Tras dar cuatro pasos con gran esfuerzo, otro impacto tumba al chico nuevo y a mí con él.

-¡Quédense en el maldito suelo, idiotas! ¡Parece que están sordos! -dice la inconfundible voz de Price, desde algún lugar con un megáfono.

*¡Duele muchísimo! ¿Así termina esto? ¿Asesinado por los guardias con su compañero de celda? Esto no era lo que me prometió…*

-No te duermas, Al. Te vas a recuperar. La bala me dio en la pierna derecha, lo siento.

-Supongo que ya todo acabó, eh -le digo, escupiendo un poco de sangre al mismo tiempo que veo todo brilloso y con puntitos.

-Ja, ja. ¿A qué te refieres?

-Tu plan falló… no escapaste ni nada… éste es el fin -exclamo con mucho esfuerzo, perdiendo la consciencia casi por completo.

-No, Al. Éste, es sólo el principio.

## 58

*-¡Doctor! ¡Qué bueno que todavía lo alcancé!*

*-¿Qué pasa señor Hawkins?*

*-¡Es Susan! ¡Su enfermedad empeoró hoy! ¡Ya no sé qué hacer! Estoy desesperado.*

*-Yo esperaba que con la dosis que le estábamos administrando lograra mantenerse estable otro rato.*

*-¡Fíemela! No nos conocemos de mucho tiempo pero necesito pedirle este gigantesco favor.*

*-No puedo hacer nada aunque quisiera. La medicina es muy cara y no se la puedo dar sin el pago.*

*-¡Es urgente! ¡Morirá sin ella!*

*-Debió conseguir un seguro médico. El tratamiento de su esposa es delicado y debería de estar en un hospital. Sé que no tienen dinero pero ese no es mi problema, ya les ayudé suficiente con cobrarles menos mis consultas.*

*-Comprenda mi situación, doc. La crisis me dejó desempleado y he hecho maravillas para seguir adelante, pero esto es demasiado.*

*-No puedo ayudarte. Ve a casa, hazle un té caliente, sopa y espera lo mejor. Cuando llegue el fin de mes iré a visitarlos para aplicarle otra dosis.*

–¡No va a llegar! ¡Me dice que sufre mucho! ¡Cree que se va a morir! Empieza a alucinar y se despidió de Sarah. No puedo afrontarlo. Espere… esa es la medicina verdad, en su boticario. ¿Qué le cuesta prestarme hasta que tenga dinero?

–¡Imposible! Llamaré a seguridad si no se marcha en este instante.

Al ver sus llaves en la mesa intento tomarlas, pero el doctor me detiene de un jalón.

–¡No puedes tomar la medicina así como así! ¡Seguridad!

Me suelto bruscamente y tomo las llaves. Recibo un golpe en la cara pero mi determinación vence mi dolor. Empujo al médico de un golpe, tambalea y cae de espaldas a su escritorio, pegándose en la nuca.

–¡Por Dios! ¿Se encuentra bien? ¿Doctor? ¡Doctor! ¡Despierte!

Lo agito varias veces hasta que veo sangre en el piso.

–Albert, despierta.

Tomo sus llaves y abro el boticario, agarro la medicina y salgo corriendo del lugar.

–¿Señor Hawkins? ¿Qué pasa? ¡¡¡Ah!!! ¡Seguridad! ¡Llamen a una ambulancia!

Ignoro por completo a los que me rodean y corro a la puerta de salida. No me detengo hasta llegar a casa.

–¡Susan! Mi vida, ¿estás bien?

–Albert, despierta… –repite una voz.

–¿Qué… pasa? ¿Por qué… corres?

–Tranquila, todo va a estar bien. Tómate esto, te sentirás mejor. Lo siento mucho mi vida.

–¡Policía! ¡Abran!

–¿Qué… hiciste?

*-¿Papi, qué está pasando?*

*Antes de poder hacer algo, derrumban la puerta y me apuntan con un arma.*

-Albert, despierta… -repite la inconfundible voz de Zack.

Lentamente abro los ojos y distingo una luz brillante, seguido de una silueta a mi izquierda que me mira fijamente.

-Tranquilo, Al. Ha sido un mal sueño, tus signos vitales son buenos. Lamento que te pasara esto, no creí que te dispararan tan cerca del corazón.

-Parte de tu plan… -empiezo a decir pero el cansancio me obliga a cerrar los ojos de nuevo.

Cuando recobro totalmente la consciencia, vislumbro la adorable enfermería de la Ciudadela.

-Con calma, Reo dos, siete, siete, seis, diez, A. Estuviste cerca de la muerte pero ya estás mejor -dice Úrsula, revisando una tabla con hojas.

-¿Qué… pasó con el chico que estaba aquí?

-Tu compañero de celda se recuperó rápidamente y reposó aquí hasta hace una hora, después se fue.

-Albert. ¿Eres… tú? -interroga un enfermo en la camilla contigua.

-¿Yong? -pregunto eufórico.

-Déjalo descansar. Ayer recibió el impacto de una explosión en la pared este. Fue el único sobreviviente.

-¿Qué día es? ¿Qué ha pasado?

-Miércoles. Han pasado unas diez horas desde que todo terminó. ¡Ah!, mira, las noticias están hablando de nosotros

-contesta alegremente la enfermera, subiendo el volumen de la tele.

*Sigue siendo el sexto día.* "*Es solo el principio*", *dijo Zack. ¿Será posible?*

-...de esta prisión estatal denominada internamente como "la Ciudadela" por el Director Price Lartvock, quien detuvo de manera impecable el intento de fuga masiva de los reos. Explíquenos capitán: ¿Qué hizo para que esto terminara en menos de dieciséis horas y sin ningún escape?

-Nuestra cárcel tiene un enfoque totalmente diferente, nuevo e innovador. Tenemos todo tipo de tecnología antimotines y estrategias para parar cualquier percance. Después de la primera explosión fue difícil contener a todos puesto que estaban justo en su hora de trabajo. Las balas de goma son muy útiles y gracias a los guardias y policías de la brigada todo quedó asegurado.

-¿Hubo muertos? -pregunta el entrevistador con un micrófono a Price en la entrada de la cárcel.

-Incidentales, solamente. Las dos explosiones dejaron a muchos heridos. Varios guardias y reos perecieron. *¡Cerdo mentiroso! Te vi golpear a muchas personas con bates, incluso a Phil. Incidentales ni de chiste.* Por el percance de la luz perdimos los videos de seguridad, pero en un par de días tendremos el número exacto de fallecidos.

*¿Perdieron los videos por la luz? Zack dijo que pasaría por ahí... ¿Será coincidencia?*

-Muchas gracias por la entrevista, capitán. Volvemos con Larry para que nos cuente la crónica de Donovan S. White, quien fue arrestado hace más de ocho años por la desaparición de cuarenta millones de dólares…

-Lo lamento, Sr. Hawkins, tengo demasiados pacientes que atender. En un par de minutos necesito que desaloje la camilla. Prepárese en lo que llamo a los guardias para que lo regresen -dice seriamente Úrsula.

Cuando la amargada enfermera cierra la cortina trato de ponerme de pie y veo que tengo una muñeca esposada al barandal de la cama. Con mucho esfuerzo y una sola mano me pongo mis habituales prendas de reo.

*¡Me dispararon y ya tengo que volver a mi celda! En un hospital normal hubiera estado dos o tres días en reposo.*

-¡Reo, dos, siete, siete, seis, diez, A! ¡Qué sorpresa encontrarte por aquí! Parece que mi predicción no se cumplió. Te vuelvo a ver y no estás muerto, bueno, casi -se mofa Valentine, entrando a la enfermería con John a su lado.

Sin decir más, me retiran mis cadenas y las colocan de nuevo en mi espalda para dirigirnos a alguna parte. *No creo que sea a mi celda, está con un hoyo…* Salimos del recinto y pasamos por una parte en la que jamás había transitado. Después de un par de accesos cruzamos por la llamativa entrada de la Ciudadela.

-¡¿Zack?! -exclamo, al ver al chico siendo llevado por Price a las afueras de la prisión.

El profeta responde a mi llamado y voltea. Solamente me tiende un guiño, su habitual sonrisa y sigue de frente.

-¡Camina, idiota! ¡Eso no te incumbe! -replica Valery.

-¿A dónde se lo llevan?

-Ya salió de aquí. Retiraron los cargos y por su cooperación ante todo el asunto del motín lo liberamos.

*¡No puede ser posible! Espera. ¡¿Qué rayos dijo?! ¡¿Cómo que ya salió?!*

Al verlo caminar hacia la salida, con un cojeo leve, termino de comprender todo: por qué, cómo y para qué hizo su plan, sus juegos y tretas.

*Fui sólo una pieza más...*

*Caí completamente...*

*¿Cómo pude ser tan ciego?*

*¡Este pinche ingeniero cumplió con lo planteado!*

*¡¿Quién es este chico mentiroso?!*

*¡Un joven sádico y sin piedad!*

*Planeó todo sin importarle el daño colateral.*

*Es, el genio del mal...*

# 59

*Día 423. ¡Ah…! Ya no puedo soportar un día más bajo esta condenada litera. Si tan solo hubiera visto venir su plan…*

Cuando suena la alarma, me siento sobre la cama y observo la cuarteada pared gris que tengo delante y el sucio y desgastado retrete que ocupa la esquina izquierda de mi pequeña, nueva y provisional celda en el bloque W. *Aquí vamos de nuevo*. Me paro y veo la litera vacía de mi ex compañero, quien hace tan sólo unas horas dejó la cárcel, abandonándome aquí…

Me sujeto con ambas manos de los barrotes, recargando mis codos en la intersección que tiene la reja. *Qué bueno que hay dónde recargarse. ¿Cómo es que logró desprender un barrote…?* Espero que abran la reja para la convivencia matutina y el desayuno. Me mareo al pensar en lo desabrida y muerta que ha de estar mi comida. Seguramente serán esos guisos color gris o frijoles con pan rancio, *yummi*.

Espero otros cinco minutos en un perpetuo silencio. Todos debemos esperar las alarmas, si nos desesperamos no las abren. El único ruido de la sala son los retortijones de nuestros estómagos.

*No entiendo nada. ¿Por qué me traicionó?*

Cuando las rejas se abren y la revisión termina, nos dirigimos por el estrecho corredor hasta el sucio comedor. Volteo a ver el piso de arriba para identificar a los guardias uniformados que están en turno y quiénes descansan. La mayoría que conocía murió en esta semana, pero no eran tan fuertes y malditos como Price; gracias a su "operativo" Samael no pudo escapar y pereció en el intento. Mientras caminamos hacia nuestro destino observo las caras de los otros reclusos. La mayoría son asesinos, estafadores, ladrones y uno que otro psicópata. A pesar de los tatuajes y la mirada dura, todos tienen cara de que desearían estar en un lugar mejor.

*¿Cómo pude ser tan idiota?*

La cocina y el comedor no son un sitio muy pulcro para comer: reos sudorosos, utensilios sucios, ratas, basura, y los grandes escombros que rondan el lugar. No tenemos lugares asignados pero casi siempre me siento en el mismo sitio: la mesa más cercana a la puerta de la salida, *por mera precaución.* Una vez terminada mi espera en la fila me dan a escoger entre dos guisos: uno verde y otro gris. Normalmente escojo el que tenga más color aún sin saber qué es, con tal de que no se parezca a estas horrendas paredes.

Me siento en mi lugar habitual para comer junto con otros reos desconocidos y York. Al igual que Zack, se compuso rápidamente de su pierna, sólo tiene que andar con muletas un par de semanas. Me distraigo de mis pensamientos cuando observo que algo extraño sucede: un policía entra al comedor con un joven esposado. Tiene veintitrés o veinticuatro años, mediano, panzón, tez blanca, pelo castaño y unos ojos muy... pálidos. Al llevar tanto tiempo aquí, me he acostumbrado a ver las mismas caras feas y culpables. Sin duda este chico encajará en un lugar como este. *Qué curioso, por un segundo me imaginé la llegada del maldito ese.* Al reaccionar me doy cuenta de que el chico y el policía Barret se encuentran delante de mí.

-York, éste será tu nuevo compañero de celda.

-Te noto un poco frustrado. ¿Qué tienes, guardia? -le pregunto, sereno y sarcástico.

-El papeleo me tiene exhausto. Con su redada hemos estado como locos ocupándonos de que todo vuelva a la normalidad, además tuve que posponer mis vacaciones. ¿Y el imbécil de tu amigo? -replica en el mismo tono que utilicé.

-Parece que fue liberado ayer, no estoy muy al tanto de su estado -contesto enfadado.

*No me recuerdes a ese cretino…*

-Reo dos, siete, siete, seis, diez, A. ¡No creí verte de nuevo en tan poco tiempo! Tienes otra audiencia con el capitán. Si no dejas de meterte en problemas me volveré profeta como Zackary, eh. -dice fríamente Valentine, entrando al comedor.

Sin cuestionar o protestar, me levanto y pongo las manos en la espalda. *Estoy cansado de todas estas estupideces, quisiera que el tiempo regresara para no haber conocido a ese chico nefasto.*

Atravesamos un par de puertas y accesos en silencio, cruzamos pasillos que jamás había recorrido y terminamos en la puerta de la Ciudadela.

-¡Hola, Albert! Veo que te recuperaste del todo de esa herida. Ven, hay algo que quiero mostrarte -exclama felizmente Price al vernos llegar.

*¿¿¿???*

SALVADOR A. VILLANUEVA BEK

Caminamos hacia la cegadora luz y veo la famosa salida de esta putrefacta y sádica cárcel.

—¡¡¡Papi!!! —grita Sarah al verme.

—¿¡¿Qué?! ¡Oh, mi pequeña, como te extraño! —digo rompiendo en llanto cuando el capitán me quita las esposas y puedo abrazar a mi dulce hija.

*¡Gracias Dios! ¡No sé qué hayas hecho pero en verdad, gracias!*

—Hola, Albert —dice una voz femenina sumamente molesta.

—¿Fannie? ¿Qué es esto? ¿Susan se recuperó o qué?

—Lamentablemente no. Pero las cosas empiezan a verse mejor aunque no lo creas. Director, explíquele por favor.

—El juez y yo charlamos en la mañana, parece que está evaluando mejor tu situación. También el reo, dos, siete, siete, seis, diez, B, tuvo mucho que ver —dice secamente Price.

Ignorando la respuesta del verdadero diablo ante la sorpresiva visita de mi adorada hija, sólo la beso en la mejilla y la abrazo con todas mis fuerzas.

*¡Esto es un milagro! ¡Mi hija por fin en mis brazos después de un año de no verla!*

—Papi, te hice un dibujo —dice Sarah, entregándome un sobre blanco.

Ante cualquier duda, volteo a ver a Price para pedir su autorización y contesta:

—Puedes pasar con eso, Albert. Para que tengas un recuerdo de tu hija. Guárdalo debajo de tu playera, nadie debe ver que pasas con algo del exterior.

—¡Muchísimas gracias, capitán!

Guardo el sobre y continúo gozando de la corta estadía de mi pequeña.

-¿Cómo te ha ido, princesa? ¿Te agradan los otros niños?

-Sí, jugamos todos los días. ¿Cuándo volveremos a casa con mamá? -pregunta inocentemente con una expresión de dulzura y tristeza.

-Pronto, bombón, tienes que aguantar un poco más. ¿Okay? -respondo, derramando otra lágrima.

-Ya nos tenemos que ir, Albert. Te veré en la semana -dice fríamente Fannie, indicándole a Sarah que ya se van. Ella me mira con sus ojitos al borde del llanto y se suben de vuelta al coche.

*¡No! ¡Un rato más!*

-Ya, seca esas lágrimas, regresemos a tu celda y después te informaré lo que procederá.

Seco con mi mano mis mojadas mejillas y nos dirigimos de vuelta a la Ciudadela.

*¡No entiendo nada! ¡Qué alegría fue haber visto a mi nena! Pero ¿por qué? ¿A qué se refería el capitán con que el bastardo ese había hecho algo? No voy a preguntar, seguramente Zack le contaminó la mente al igual que a mí.*

Con la alegría todavía en su apogeo, recorremos los mismos pasillos hasta regresar al bloque W.

-En media hora vendrá por ti un guardia y te irás a trabajar. Aprovecha este tiempo para descansar y ver el dibujo de tu hija -expresa empáticamente el verdadero diablo.

Le agradezco con la mirada e ingreso a mi nueva celda. Reposo unos minutos en mi cama con la inmensa felicidad y sorpresa de la visita de Sarah y retiro el sobre de mi pecho. Al extraer un bonito dibujo de mí agarrándole la mano, observo que hay algo más en el sobre.

*¿Qué es esto?*

Saco varios papeles que forman una carta. Al ubicar la primera página me doy cuenta que es de Zack.

# 60

Me congelo al ver que la carta que está en el sobre de mi nena viene de ese malnacido. *¿Qué es esto? ¿Cómo es que apareció aquí? ¡Si llegó a tocar a Sarah lo mato!* Sin más escrúpulos empiezo a leerla.

*Para mi querido amigo Al:*

*No sé cómo empezar esta carta. Si en algún momento repito algo o hay una falta ortográfica te pido disculpas. Y sí, visité a tu linda hija y le entregué esto, así que tómalo con calma.*

*Crees que soy un maldito y que todo lo hice para mi propio beneficio. De antemano te pido perdón, yo esperaba que con el tiempo que pasamos juntos comprendieras. Supongo que nunca me expliqué bien ni te di a entender mucho pero entiende, así debían ser las cosas, tu completa ignorancia ante el plan era la clave del éxito para triunfar, pero deja te desgloso todo:*

*Tenías razón, después de unos días captaste: sí, yo decidí meterme en la Ciudadela, incluso escogí el día en que debía suceder, lo que no descubriste fue la intención. Siempre te dije que en los detalles más minúsculos se encontraban las respuestas. Te di todo el material para que contestaras las incógnitas de tu mente, mismas que te bloquearon un buen rato del gran cuadro del plan.*

*Llegando te conté mi historia. Te confieso que es completamente cierta, cada detalle de mi vida anterior te la di a resguardar para que confiaras en mí y fueras capaz de revelar tu pasado.*

*Samael mató a mi padre, esa fue la única parte que omití. Te dije que al no poder pagar las deudas de juego fue asesinado, ahí debiste de captar. Me comentaste que tu jefe entró por tres cargos de homicidio y que trabajaba para un narcotraficante. Ahí se ligan las historias: el bastardo lavaba dinero en un casino y mandó a uno de sus matones a cobrar. No tienes ni idea de cuánto me dolió. Mi madre quedó devastada: no salía de la casa, no comía, entró en una depresión completa. Me volví el único ingreso de mi pequeña familia. Tuve que trabajar para no quedar en la calle. Ya sé que te dije del dinero que ahorré por mucho tiempo, pero ese tiene un mayor propósito...*

*En fin, cuando descubrí que al animal ese lo metieron en la cárcel supe que tenía que hacer algo: vengarme. Entonces empecé con este plan. No sólo se trataba de que muriera, sino que sintiera la agonía que mi padre sufrió, por eso no soborné a algún guardia para que lo matara mientras dormía. Debía entrar y saborear por completo todo lo que le ocurriera. Tenía que ser un plan tan meticuloso y preparado para que Samael muriera a manos de su más fiel amigo; que sintiera terror, pánico, desesperación, humillación, dolor, todo... Creo que lo logré, obtuve el glorioso final que tanto esperaba, esa era mi parte final del cubo de colores.*

*Me dirás sádico, desalmado, hipócrita, psicópata... pero creo que entiendes el grado de dolor al que llegué, es casi el mismo que tú sentiste al perder a tu hija y esposa al mismo tiempo. Si te sirve* un poco de consuelo, todo fue planeado a favor de ambos, luego entenderás por qué.

Entonces, evalúo la situación, planifico todo, sólo faltaban dos detalles. Uno: ir a la Ciudadela a ajustar un par de detalles como el de la barra y así. Dos: localizar a mi pieza elemental, a la clave de todo. Sabía que eras tú en cuanto leí tus registros; internet puede hacer maravillas: logré obtener tu información e historia antes de entrar y mi intuición me dijo que eras inocente, solamente debía confirmarla para ayudarte a salir.

Pero bueno, creo que me he desviado un poco del tema, te iba a decir todo sobre el plan:

Parte esencial del plan fue saber qué juez era el de este distrito. Todo se simplificó cuando descubrí la infidelidad de su esposa. Cuando tengo todo bajo control, la chantajeo, se dirige hasta donde le indico y suelto mi coche para que muera. Debes comprender que aunque sea un muy buen físico y sea brillante, muchas cosas fueron al azar. Las reacciones de todos podrían haber sido distintas: ella pudo no haber muerto en el accidente y nada hubiera pasado. En fin, no lamento las muertes de los otros dos. En el juicio mi abogado expuso que el chico venía alcoholizado y el viejito tenía problemas en el corazón, entonces eran un poco más incidentales que causales. Obvio seguían los cargos pero no eran tan pesados, lo que hizo que me encerraran temporalmente fue la muerte de la perra esa.

¡Ahí debiste entender todo! Sin querer se me salió que todavía no tomaban una decisión. Significaba que en cualquier momento podría fallar a favor mío y saldría sin problemas. ¡Salir! Esa era la otra clave que no captaste nunca: desde que llegué jamás, y repito, jamás, dije que me fugaría o escaparía; cada vez que hablábamos sobre el plan

SALVADOR A. VILLANUEVA BEK

*yo te decía que SALDRÍA por la puerta de entrada. Debiste entender un poco más eso. Trata de recordar y verás que digo la verdad. Sobre el cuándo saldría, fue gracias a mi novia Emily: Cuando me entregó el sobre, le indiqué que entregara las fotos que tomé de la infiel esposa a mi abogado anónimamente para persuadir la decisión del juez. Al pacto con Price llegaremos después.*

*A partir de que entré y vi lo idiotas y manipulables que eran todos, se hizo más simple. Lo complicado fue que tú entendieras todo el propósito, pero te repito: era necesario que no supieras nada. Tus actitudes y buenas reacciones le dieron credibilidad y fuerza a todo el plan.*

*No soy un asesino, Al, creo que esa parte la comprendes un poco mejor. No podía ensuciarme ni tantito las manos porque me hubiera quedado encerrado. Lo tenían que hacer los demás, y creo que cada muerte tuvo su fin magnífico, además de que cada una fue planeada para que avanzáramos.*

*Lo último que te falta para comprender todo es la otra parte del sobre. La omitimos Price y yo porque para ayudarlo a detener el "motín" y revelarle más información exigí una única cosa: tu liberación. Es por eso que muchas veces no podías estar presente en las pláticas, demostraba que no eras tan culpable de la muerte del doctor, que eres un humano en búsqueda de la supervivencia familiar. Por eso hoy, el séptimo día, estás recibiendo esta carta. El proceso para que tu condena se reduzca y salgas bajo fianza se logrará en corto. Comprende que tu caso es más complicado que el mío, ya tenías una condena. Tampoco era viable escapar, hubieras perdido a tu nena. Yo siempre cumplo con mi palabra. Una vez me preguntaste: ¿Y qué pasará con mi hija? Yo te contesté que ya estaba arreglado; promesa cumplida amigo mío: la tuviste justo enfrente.*

*Sí, yo conocía cada rincón de la Ciudadela porque acudí como ingeniero para arreglar un par de cosas que me encargaron. Obvio fui con un disfraz. En mi estadía revisé cada sector y los accesos, planeando recorridos, los lugares que visitaríamos y también para preparar cada escenario: El barrote zafado, ocasionó que Samael creyera que yo era un genio. La puerta del cuarto de máquinas: La desatornillé un poco para que no tomaran el camino equivocado y se encontraran conmigo en la oficina de Price. La silla de la sala de visitas: Aflojé una pata, para cuando alguien la rompiera Emily fuera capaz de darme el sobre. E infiltré un virus en las cámaras de seguridad para analizar los perfiles de mis piezas del plan.*

*En esta parte entró York. Le platiqué sobre el "plan" de Samael. Creyó por completo que su jefe los traicionaría. Para que me creyera le dije cómo yo los sacaría y cómo lo haría su jefe, le narré una breve fábula y, como predije cada una de sus reacciones, optó por "vivir" y matar a Samael. No es que no confiara en ti mi buen amigo, pero no quería que tú lo hicieras; que el que manchara sus manos fuera alguien más. Al no conocer mucho de la ruta pero sí de todo lo demás, fuiste capaz de ejecutar con éxito todo el plan. Está demás decirte que la rociada de combustible para la incineración de tu jefe fue obra mía.*

*Los vigilé a todos, a cada persona que entraría en el plan. Necesitaba saber si su perfil encajaba en mi propósito: los arranques de ira de Price, la paranoia de Víctor, la seguridad de Valentine, las habilidades de York, la crisis económica de Kurt, la fuerza de Steve,*

SALVADOR A. VILLANUEVA BEK

*la locura de Phil, tu inteligencia, en fin. Una vez que seleccioné mis piezas era muy sencillo ganar la partida.*

*Lo de las explosiones fue mi culpa. Ya sabes cómo ocurrió la primera: con unos planos sobre plomería y la psicosis que infundí en Víctor fue suficiente. La segunda no te la esperabas, de hecho te dije que todos creerían que harían cosas con la pared pero ninguna persona lo logró: ni escapar por ahí, ni lograr rapelear. Esa explosión se llevó a cabo por cuatro simples y pequeñas cosas: el papel higiénico, atorado hasta el fondo del retrete; el agua en la caja del inodoro; una bolsita de aguarrás; y dos aspirinas efervescentes. Verás que es extremadamente sencillo hacer un hoyo en la pared cuando combinas los cuatro: puse la bolsita con el resto del agua y dejé colgando de un hilo las dos pastillas, así, cuando jalaran la tapa, se desprenderían y harían una reacción increíble. Para que no sólo volara el escusado sino la pared, tapé la tubería con el papel higiénico y la presión hizo que reventara. Asombroso, ¿verdad? Todo fue posible por el sobre que me entregó Emily al principio. Tú viste que el paquete era bastante grueso y creíste que era dinero. Pues no, de hecho era lo que menos espacio ocupaba, sólo necesité para el gordo de Kurt, que se conformó con poco.*

*Introducir el sobre no fue tan complicado como parece: gracias a la extraordinaria actuación, insinuación y manipulación que Emily le hizo al guardia en turno, además de otro puñado de billetes, logró pasarlo por debajo de sus prendas. Mi plan fue tan perfecto que logró "coincidir" con que el guardia en turno fuera Kurt.*

*Por último, lo del archivo: te mentí al decirte que buscaba el mío aquella noche. En realidad buscaba el de Samael para leerlo, conocer su información y luego asegurarme que se quemara en la torre, al*

*igual que desapareciera todo de su celda. Mi expediente estaba a salvo*
*en la oficina del capitán, que seguía bajo revisión.*

*Bueno, creo que con lo que te he escrito queda más que claro el*
*cómo, por qué y para qué, que tanto buscabas y anhelabas encontrar.*
*El cubo fue completado con éxito y como ves, mi salida fue perfecta:*
*no hay rastro de que yo haya quebrado puertas porque destruí los*
*videos; nadie entenderá el origen de las explosiones, creerán que fue el*
*malo del cuento: Samael, quien murió al intentar escapar.*

*Espero que no me tengas rencor, todo lo hice con un propósito y de*
*paso te ayudé a que salgas pronto. Tu abogado se contactará conmigo*
*y con gusto pagaré tu fianza. Sé que algún día nos volveremos a ver.*
*Me gustó mucho conocerte en estos seis días y deseo de todo corazón*
*que tu esposa se recupere lo más pronto posible. Dale un beso de mi*
*parte a tu nena y que te sea leve los pocos días que te quedan en la*
*Ciudadela.*

*Sinceramente, tu siempre fiel amigo:*
*J. Zackary B. Müller.*


Termino de leer, asombrado por las respuestas contenidas en
la carta, que se resbala de mis temblorosas manos. Derramando
otra lágrima, busco en el sobre si hay algo más y encuentro una
postal: es el famoso letrero que todo el mundo conoce y en
grandes letras rojas dice:

¡SALUDOS, DESDE LAS VEGAS!

SALVADOR A. VILLANUEVA BEK